KB119485

원숭이의 원숭이

원숭이의 원숭이

시인수첩 시인선 012

죽지도 않고 썩었구나, 마음아

김륭 시집

◐◑ 문학수첩

나에게 神을 만들어 주신 박정임 여사님과
하나뿐인 딸 김한결 양에게 이 시집을 바칩니다.

사는 것만으로는 부족한 사람이 있다고 쓴다.

아무리 쉬쉬해도 당신 또한 사랑보다 오래 살아야 한다.

몸 바깥을 나가 볼 일이 생겨난다.

그냥 마음 좀 아파라.
당신도 그래라.

김륭

2부 아기와 나

3부 음악들은 좀 앉으시지

4부 원숭이의 원숭이

5부 검은 애인

1부

버찌는 버찌다

당신

내가 사랑하지 않으면
아무것도 아닌 사람

그래서 神이다

고라니
—비와 손님

두 발로 올 때가 있고 네 발로 올 때도 있다, 비는

　나는 비를 그렇게 구부린다 가만히 엎드려 지켜본다
오늘은 두 발이다

　온다, 비가, 새끼고라니처럼 온다고 써 놓고 운다고 읽
는다

　두 개의 발이 더 필요한 지점에서 심장은 이불보다 착
하게 만져지지만 슬픔은 끝내 목줄을 놓지 않는다 누군
가에게 빗소리는 그렇게 질기다 두 발로 왔다가 네 발로
돌아간 神이 있고, 내가 나를 애완용으로 키우지 못한
것은 사후의 일이다 함부로 들어 올렸던 앞발이 가죽나
무 잎사귀 위에 몇 개의 빗방울과 함께 떨어져 있다 어
미를 찾는 새끼고라니의 눈망울을 두드려 볼 수도 있겠
다 그렇게 비는 오고 이미 죽었다는 생각이 드는 지점에
섬이 있고 손님 온다

온다, 사람은 사람으로 부족해 가늘게 눈 뜬 도둑고양이를 사용하거나 개나 염소에게 끌려다니기도 한다 참 다행이다, 오늘은 두 발이고 뿔이 없다 나는, 죽은 척 지켜본다

우산들은 좀 앉으시지, 늙은 몸 가만히 두고

하늘을 기어오르는 구부러진 송곳니

검은 어항

임산부처럼 앉아 있다 그 남자
가끔씩 물고기 눈을 감겨 줄 수 있는 음악이나 만들면
서
지나간 잠은, 검은 모래로 만든 어항

당신을 단 한 번만이라도 보고 싶은 밤이 있었다 그
냥, 그냥이라는 말이 좋아서
당신이라면 내가 잃어버렸거나 잊어버린 내 기억을 키
우고 있을 것 같아서
아무도 몰래

사랑은 언제나 맞은 적도 없었지만 틀린 적도 없었다

돌멩이를 던지면 동그랗게 태어나는 어항, 내가 사랑
한 사람은 당신이지만
당신이 사랑한 사람은 내가 아닌데도 하나의 어항 속
에 살 수 있을까

그렇게 살아야 세상의 전부가 되는 걸까

세상의 반은 어둠이어서 물로 뛰어들어 눈을 씻는 달,
검은 기억 속을
길게 빠져나오는 몸 이야기, 잊어버린 마음이 아파 어
두워진 어항, 내 잠마저
모래시계처럼 옮겨 갔을까

기억은 검은 노래도 불러 준다 물고기가 눈을 감고 따
라 부르는
노래, 같이 살았어야 했는데 같이 살아야 하는데, 단
한 번만이라도
물고기를 키우는 임산부처럼 앉아서

같이 살 수 있을까

샤워

열대식물을 생각했다.

당신은 마음에 손잡이가 달려 있다고 했다. 당신이 아름다워 보였지만 내가 아름다워지는 건 아니었다.

털이 북슬북슬한 몸으로 마음까지 걸어 들어갈 궁리를 하다 보면 사막과 친해졌다.

짐승이란 말을 들었다. 나는 손잡이가 몸에 달려 있었고 사막여우 같은 당신의 마음이 걸어 다니기엔 더없이 좋아 보였다. 그때부터였다.

사는 게 말이 아니었다. 벌레잡이통풀, 끈끈이주걱, 파리지옥…… 사랑은 어디에 달려 있던 손잡이일까, 하고 궁금해졌다.

당신의 울음에 기여한 문장들로 샤워를 하면서 열대식물을 생각했다.

아무래도 당신을 너무 착하게 살았다. 나는

꽤나 괜찮은 짐승이고 그래서

쫓겨난다고 생각했다.

청혼
―이름 없는 이름

가끔씩 생각한다 나는 죽었군 그리고 그녀에게 가 버린다 나는 눈을 감은 채로,

비가 온다 이름 없는 이름처럼 피가 몰려오고 나는 한 번 더 생각한다

나는 죽었군 나는 우산을 그녀에게 건네주고 돌아와 버린다 그제야 내 사랑, 그녀가 나를 사람이 아니라 사랑으로 부른다 좋다, 좋다

죽었더니 좋더군

왼쪽 뺨을 오른쪽 뺨과 바꾸면 바나나 혹은 원숭이가 끌고 다닐 슬리퍼에 반바지

나는 또 생각한다 나는 죽었군 그런데도 손님이 온다 반갑지 않은 손님만 와서 웃는다 나는 또 생각한다 이제 울지도 못하는군 나는 모르는 척 그녀를 돌아서서 숨을 파닥, 내쉰다

죽어서도 할 수 있는 게 있군

오른쪽 빰을 왼쪽 빰과 바꾸면 원숭이 혹은 바나나가
입고 다닐 웨딩드레스에 고무장갑
호주머니를 뒤적뒤적 껍질이 벗겨져 있는 그녀 길쭉한
발을 꺼낸다 원숭이도 바나나를 사랑했지만 나는 죽었
군, 죽었어 바나나는 원숭이 입에 매달려 잘살고 있는데
나는 죽어서야 청혼을 하는군

비가 온다 곧바로 피가 몰려온다 나는 그녀에게 다시
가 버린다
언젠가 한번은 원숭이와 바나나는 결혼할 테지만
나는 죽었군 이름도 없이 좋다, 좋다
참 좋다

펭귄 24쪽

세상의 모든 기도는 검고 흰 바둑돌처럼 두 발을 들어 올리는 일, 영혼에 없는 색을 찾아 살을 흔드는 형식이라고 쓴다 그렇다면 뒤뚱뒤뚱 걷는 펭귄은 고혹적이다 사랑 대신 혐오를 선택하고 싶었던 것일까

그러나 나는 아직도 펭귄에게 흰색을 빌려야 하는지 검은색을 빌려야 하는지 모르고 있다

마음의 바닥에 사는 짐승들은 가위를 숨겼을 것이다 나는 꼬리를 찾으러 붓에게 가고 있다 꼬리로 입술을 그리면 하늘에 없는 색까지 얻을 수 있을까 내가 나에게 아직도 말을 주고받는 것은 오려 붙여야 할 거짓말이 색종이보다 많기 때문일 것이다

나는 지금 펭귄이 그림책을 던져 버릴 때를 기다리고 있다

그러니까 흑백은 전쟁일까 사랑일까, 하고 펭귄이 슬그

머니 접어 놓은 24쪽을 몹시 궁금해하면서 식탁 밑으로
쓰러진 소주병처럼, 외롭다는 말이 살에 닿으면 하늘도
색종이처럼 만져진다는 그녀와 둘이서,

그림자까지 내려온 피는 얼마나 먼 허영이었을까?

나는 지금 펭귄에게 몸을 팔고 있다

녹턴

함께 살지 않고도 살을 섞을 수 있게 된다

이불 홑청처럼 그림자 뜯어내면, 그러니까
내게 온 모든 세계는 반 토막
주로 관상용이다

베란다에는 팔손이, 침실에는 형형색색의 호접난

후라이드 반 양념 반의 그녀와 나는 서로를
알면서도 모르는 척 죽었으면서도
살아 있는 척 손만 잡고,

죽음을 꺼내 볼 수 있게 된다

화분에 불을 주듯 그렇게 서로의 그림자로
피를 닦아 주며 울 수 있게 된다

神과 싸우던 단 한 명의 인간이*

두 명으로 늘어나게 된다

* 윤이형, 단편 「쿤의 여행」 중에서.

버찌는 버찌다

버찌가 유명해진 것은 버찌 때문입니다 버찌는 참 많습니다 첫사랑이 많아서 이름도 많고 나이도 참 많습니다 앵실(櫻實)이라 불리든 체리라 불리든 첫사랑은 시끄럽고 두고두고 식용입니다 직박구리 한 마리 빨갛게 익은 버찌를 먹고 있습니다 버찌에 관해서라면 직박구리도 할 말이 많습니다 삐이이이이익 버찌는 언제나 버찌고 버찌는 언제나 버찌를 데리고 다니고 버찌는 버찌에게 할 말이 많습니다 버찌가 하필이면 왜 벚나무에 올라갔는지는 잘 모르겠지만 버찌가 벚나무를 내려와도 버찌는 버찌입니다 버찌가 버찌랑 둘이서 더는 못살겠다 싶을 때 버찌가 왔습니다 버찌는 언제나 일요일이고 삐이이이이익 버찌는 버찌입니다 버찌는 언제나 처음이고 마지막입니다

와이퍼

당신, 잘살고 있다는 풍문
닦아 내고 지우면 이미 죽은 사람으로
돌아올까

당신이 지어내는 죄
오랜 빗줄기처럼, 당신이 내리는
벌

참 오래도 죽는구나, 당신아

당신, 당신이란 내 하나뿐인
神의 이름으로

죽지도 않고 썩었구나,

마음아

먹[墨]
—잠자는 남자

    그는 자신의 팔과 다리로 몸을 묶는다 쓸데없이 어둡고 무거운 머리의 무게 때문인지 자꾸 늘어지는 목은 떼어 내 침대 머리맡에 놓아둔다 개가 그의 머리를 가지러 온다. 그는 그 개가 자신이 키우던 개인지 누군가에게 버림받은 개인지 궁금해하지만 알 수가 없다 하물며 개가 자신의 머리를 가지러 온 것인지 베개를 가지러 온 것인지조차 잊어버리게 된다 그러나 잠은 영리하다 바보가 아닌 잠은 잠자는 그마저 영리하게 만든다 그가 움칠, 한다. 이불을 걷어 내면 그의 앙상한 문체가 드러난다 잠은 그의 모든 것을 읽을 줄 알고, 그는 잠으로 무엇이든 쓸 수 있게 된다 예컨대 죽음은 벼루다 묵지(墨池)다 잠자는 그가 필생을 써 내려간 여자다 잠은 가만히 지켜본다 자신의 팔과 다리로 몸을 묶은 그가 자신이 써 내려간 여자와 밤새 무슨 짓을 벌이는지 이윽고 잠이 눈을 치뜨는 순간 그는 불타기 시작한다 잠이 하는 말을 들어라, 베개 하나 가져갈 수 없는 인간들이여! 밤이 그를 안고 흐느끼기 시작한다 마른 붓처럼,

사랑이 죽음마저 죽여 버린 경우다

대부분의 연애류

모르는 사람들이 좋아졌다
행여 아는 사람이 될까 봐 나는, 나랑
좀 멀리 떨어져 앉아서

트렁크를 개처럼 끌고
내가 모르는 곳으로 떠나는
사람들의 다리를 오도독 뜯어먹었다

참 멀리도 왔다는 기분
이런 날의 연애는 방아깨비처럼
나이는 늘 먹던 걸로,

해외여행을 조르는 애인 두 뺨 사이에
탱– 코를 풀던 손바닥 한 장 끼워 넣는 동안

모가지 빳빳하게 세운 뱀 한 마리 지나갔고
소설에게 차였다는 소설가 녀석이
말복을 데리고 왔다

어쩜 아는 것들은 하나같이 교양이 없는 걸까

내가 나를 피해 슬그머니 한쪽 발을
들어 올려야 할 때가 있다

오줌 누는 멍멍이 털을 벗겨
애인에게 입혀 주고 싶었다

너무 멀리도 왔다는 기분, 그것은
이미 엎질러진 물 같아서

볼펜 꼭지를 똑딱거리며 나는 슬슬
우리 집이 모르는 곳으로 가 볼까, 하는
생각이 드는 것이다

머플러

들릴 듯 말 듯 하다 당신의 목소리는
언제나 그렇다 위층에서 내려오는 개소리에
목을 물리는가 하면 화장실 물 내리는 소리에 눌려
희미해지고, 나는 샤워를 한다

뱀처럼 머리를 빳빳하게 세운 샤워기가 내 몸에 끼얹는
건
물이 아니라 말, 나는 물에 씻기지 않는 사람이어서
목을 타고 흘러내리는 것 또한 비눗물이 아니라 언젠가
당신이 했던 말, 그러니까 나는 이미
당신의 말에 녹아 버린
사람

몸이 없는 사람임을 들키지 않으려고
샤워를 하고 바지에 두 발을 꿰고 컬러풀한 와이셔츠에
검은 외투를 걸치고 외출을 한다
살아 있다는 걸 보여 주기 위해 세상으로
나간다 언젠가 당신이 했던 말로 목을 감싸고

목이 없는 사람임을 들키지 않으려고

잘살아요 우리, 죽은 듯 살아요

그래서 걸었다, 당신의 말을 목에 두르고
죽어서는 따뜻하게 잘살 수 있겠다고
목이 없는 사람이 키우다 버린
한 마리 개처럼

나는 이미
죽은 사람임을 들키기 위해
갈 데까지 가 보는
사람

팬티

팬티를 선물받은 적이 있는 당신은 잠시 몸 바깥으로 나가 볼 일이 생겨난다.

깜깜해져라 입술, 팬티는 삼각형 창문이 될 수 있고 찢어진 식탁이 될 수 있고, 더 깜깜해져라 세계

살금살금 식탁 밑을 기어 나오던 고양이 빤히 당신을 올려다본다. 가끔씩 생각은 음악보다 축축하고 그것은 야음을 틈탄 목소리, 神이 인간들의 땅에 보내는 고통을 모조리 알고 있는,

물의 목소리

당신에게 너무 오래 고여 있었군. 당신, 스스로 뒤집어 보는 이런 대목에서 입술은 발라당 뒤로 넘어지고 귀까지 빨개지고, 쥐구멍을 벗어 내린 쥐처럼

팬티를 식탁처럼 놓고 당신은 당신과 마주 보고 앉아

있는데 불쑥, 옛날이 뛰어내린다.* 밤보다 먼저 깜깜해져
라 팬티 더 깜깜해져라 팬티, 팬티가 걸어간다. 마침내

　팬티가 아니라 섬이라고 말하며 당신 숨소리를 뒤집어
보던 애인과 팬티를 벗어서 부끄러운 게 아니라 부끄러
워서 팬티를 벗게 만든다던 어느 소설가 놈과 고깃배 몰
고 와서는 오줌이나 누고 가던 애꾸눈 선장과 언제 시간
되면 밥이나 한번 먹자고, 정말 그러자고,

　팬티를 선물받은 당신과 팬티를 선물한 당신이 동일
인물임을 알게 될 때까지, 뒤집어져라 입술, 뒤집어져라
팬티

　이윽고 섬이다. 팬티를 입은 당신은 팬티를 벗은 당신
을 어떻게 알아볼까. 가끔씩 팬티는 세상에 없는 울음소
리를 내기도 한다.

　여기로 와요, 여기로. 왜냐하면 우린 말이죠, 우리는

고통을 알거든요** 팬티가 엉덩이를 흔들며 걸어갔다.
팬티를 따라
  입술이 걸어갔다.

  이만 총총

*, ** 파스칼 키나르, 『부테스』.

2부

아기와 나

아기와 나

너무 많이 싸운다
이불과 베개처럼 그렇게
부적절한 관계, 나는 왜 나를 베고
베개처럼 순하게 뭉실뭉실
우는 세상을 받아 내지
못하는 걸까

뿔이 돋는다, 아기를 만나면
뿔이 뿔을 잡고 어둠이 풀처럼 자라는
이불 속으로, 아기로 다시 아기로
들어가는 문의 손잡이를
만질 수 있을까

가끔씩 아기 같다며 뽀샤시 웃어 주는
애인은 나도 모르는 내 뒷모습을
하필이면 젖가슴을 오려 붙일 수도 없는
거길 사랑하고, 나는 배가 고파
라면이나 하나 끓일까

망설이는 중인데

낳지도 않은 아기가 심심하면 등장한다
이불은 한 채인데 베개가 자꾸
늘어난다

젖을 보채는 아기처럼
울음이 눕는다, 내 살을 내가 덮고 자듯
이불이야 많을수록 좋겠지만
베개는 어디다 쓸까

뿔이 돋는다, 도깨비가 밀고 가는
유모차에 올라타는 이런 꿈도
태몽이 될까

자꾸 징징댄다, 아기는
나를 수리해서 우는 데 써먹을
작정이라는 듯

아기와 나 2

나는 그를 너무 많이 알고, 그는 나를 모르고 아무것도

그런데도 그는 나를 썼고, 나는 그를 쓰기는커녕 아직 읽을 줄도 모르는데 그가 쓴 그대로 나는 한때 열혈청년 이었고, 불룩해진 배가 좀 귀찮은 아저씨였고, 뱀 따리처럼 목을 비비 꼰 노인으로

도대체 나는 얼마나 많은 여러 사람인가

나는 발생하고 자꾸 그는 계속되고 나는 그를 두리번거리고 그가 이동할 때마다 나는 고정되고

나는 이미 세상에 없는 과거인가 그는 아직 세상에 오지 못한 미래인가

그는 나를 아무것도 모르면서 왜 버린 걸까 내가 올 때마다 그는 웃고 있고 그가 울 때마다 나는 멀리 도망가 있고

머잖아 그는 유모차를 끌고 나를 데리러 올 것이고 그
때까지 나는 내가 엉망이란 걸 세상에 들키지 말아야 하
고 젖병을 삶듯 폭폭

　나는 나를 혼자서
　끓여야 하고

돼지 수도사(修道士)

돼지에게 돼지고기는 神이다

돼지고기를 모시기 위해 돼지는 돼지로부터 멀리 달아
난다 이윽고 돈을 벌어 오고 여자까지 데려오는 돼지에
게 사랑이란 돼지고기가 된 돼지가 하늘로 열린 코와 돌
돌 그 코를 따라 말려 올라간 꼬리로 그려 낸 필생의 역
작, 매번 배가 고프고 맘이 아프고

그러나 돼지는 물불을 가리지 않는다 神을 모시기 위
해

물과 불을 돼지와 돼지고기처럼, 나눌 줄 아는 돼지만
이 인간에게 말을 걸 수 있다는 삼류소설 같은 얘긴데,
神 또한 돼지에게 간곡히 드리고자 하는 말씀이 있으시
다

기도가 끝이 나긴 날까요?

인형이 되기에도 너무 먼 돼지지만 가끔씩 가팔라진 숨을 꺼내 보여 줘야 할 때가 있다 젊었다가 늙었다가,* 빗길을 미끄러지듯 이 짐승으로 저 짐승으로 옮겨 다니는 고물 트럭 운전사의 발라드처럼

매번 전율하고 심장은 떨리지만 죽은 구간이 있다

계곡물에 목욕재계를 하고 삼겹살을 굽는 사람들의 영혼이 천변을 펄럭이며 타오르는 시간, 제각기 몸을 버리고 달려 나오는 돼지들 머리만 남은 神을 모시게 된 돼지는 비계 대신 웃음으로 가득 차 둥실, 떠오른다

돼지 잡아라 저, 돼지 좀 잡아라

마침내 돼지는 그 어디에서도 만날 수 없게 된다
인간을 피해 달아난 神처럼,

지금 당신이 듣고 있는 당신의 숨소리만

돼지를 구원하게 된다

* 파스칼 키냐르, 『음악 혐오』.

달의 귀

가끔씩 귀를 자르고 싶어, 내 몸을 돌던 피가
네모반듯하게 누울 수 있도록

우리 집 고양이는 온통 벽을 긁어 놓겠지만 혀를 붓으
로 사용할 수 있게 된 나는 누군가의 뱃속에 내 숨소리
를 그려 넣을 수 있을 테고 가만히 첫눈이 온다고 속삭
이는 여자는 얼굴도 모르는 아이의 심장을 꺼내 뭇 사내
들의 무릎을 베기도 한다더군요

그러니까 나는 눈사람을 서방으로 둔 어머니 배꼽 위
에 놓인
신발 한 짝이었음을 기억해 냅니다

달의 귀를 잘라 마르지 않는 그녀의 우물은 누군가의
손목을 베개로 삼아야 들을 수 있는 노래, 아무리 울어
도 나무가 될 수 없는 나는 삐걱거리는 밤의 옆구리에
망치질을 해 대면서 달팽이와 춤이나 출 수밖에,

신발을 주우러 다니는 일이 많아졌습니다

어쩌죠? 귀를 잘라 버린 무덤은 허공에 입을 그려 넣
고
그녀는 밤새 눈사람에게 마른 젖퉁이를 물리지만
더 이상 무릎은 벨 수 없다더군요

어머니, 나뭇잎 좀 그만 떨어뜨리세요

뱃속에서 우는 아이의 심장을 가만히 꺼내
늙은 고양이를 만드는 그녀를 위해
밤은 가끔씩 종이가 됩니다

분실물 이야기

나무에 오르다, 라는 문장을 쓰는데 문득 나는 나쁜 놈이라는 생각 이것은 엄마라는 페이지에 기록된 최초의 분실물 이야기, 나를 지우기 위해 혈안이 된 세상 어디선가 비가 내리기 때문이겠지만 비가 온다, 라는 문장 밑으로 나보다 더 나쁜 년이 있다는 생각이 자꾸 고인다 이건 분명 살이 부러진 우산의 모함, 가끔씩 두 발 들어 올려 神을 부르는 것은 여기가 내 마지막 꽃밭이기 때문이라고 말해도 되나

참 재수가 없다거나 운이 나쁘다는 말을 할 수 있는 날을 골라 사막을 가로지르는 늙은 낙타처럼, 너무 많은 울음을 그냥 지나친 것 같아서 섹스가 하고 싶다, 라는 문장을 쓰는데 문득 나는 죽었다는 생각이 세상에 없는 무덤처럼 부풀어 오른다 이것은 너무 많은 창문을 달고 있는 내 몸에 기록된 최후의 일기예보, 사랑을 올라타고 싶어 환장하는 몸이 잃어버린 우산 같은 날이어서 깨진 화분에 물을 주듯 내가 내 안부를 물어도 되나

참 다행이다
나는, 나를 잊어버린 게 아니라
잃어버린 것이어서

잠깐만 아주 잠깐만
걷다 올게

식물 K

머릿속에 살던 짐승들이 염소를 따라 가슴까지 내려
와 죽었습니다

손에 숨을 쥐고 그러니까 꽃 대신 뱀을 쥐고 나는
지금 누워 있다, 는 문장으로 수습(收拾)된 사람

당신은 내게서 꺼낼 수 있는 짐승들이 몇 마리나 남았
을까 궁금해하지만 그것은 내 죽은 숨들을 발밑에 심는
일, 봄이다 내 피가 내 몸을 돌아다니다 흙을 묻히듯 그
렇게 봄은 까마득히 무덤 위에 올려놓은 뗏장처럼 간신
히 숨만 붙은 노동이 되고 종교가 되고

삐걱거리는 침대는 나를 비루하고 지루하게 살아 낸
몇 마리 짐승들의 딱딱한 기억, 입안의 울음들이 그랬듯
이, 갔어요, 방금 출발했다니까요 퉁퉁 면이 불어 터진
우리 동네 중국집 주인장 말씀을 따라

마침내 나는, 나를 떠나 나를 끓어오르려는 숨의 임계

너머로 두 발을 녹일 수 있게 된다 너무 일찍 출발했거
나 너무 늦게 도착했거나 목숨이란 게 슬그머니 문밖에
내다놓은 자장면 빈 그릇 같아서

　집으로 가자, 고 말하지 않는 식물들 사이
　숨이 자꾸 흘러 흙이 붙은 뿌리째 떠낸 비곗덩어리처
럼 나는, 내 몸을
　따로 흘러 내가 없고 아내도 없고, 하늘을 흘러내린
썩은 동아줄에
　딸 하나 가만히 묶여 있고

　누워 있다, 는 단 하나의 문장 위로 바람 간다

　손바닥 위에 올려놓은 의자와 염소가 하늘을 뒤집어
입는 저녁
　바지가 가슴까지 올라가 죽었습니다

118페이지

여기서 세상의 모든 당신은 예언된다.

낮과 밤 사이의 여백이 바로 당신, 흰자위와 검은자위 사이 가파른 숨을 옮겨다 놓는 한순간보다 완벽한 절벽이 있을까?

비가 온다. 비가 오면 비를 맞고 싶거나 피하고 싶은 당신들과 달리 나는 왜 싸우고 싶은 걸까? 그래서 웃어야 할지 울어야 할지 모르는 페이지, 여기선 모든 게 절망이어서 정말이다.

118페이지, 하늘과 땅 사이로 밑줄을 긋지 못한 울음이 뺑소니차 번호판처럼 눌러앉은 여기서 당신은 神의 오만과 편견으로 가지런해진 기도의 자세를 인간적으로 이해하게 된다.

어느 날 문득 사라진 누군가를 찾아 헤매다 돌아왔거나, 홀연히 사라질 누군가를 붙잡다가 우산을 놓쳤거나 이건 정말이다. 절망은 그런 것이다. 여기서는 하나같이 삼류다.

책장을 넘길 때마다 드는 생각; 구름도 옷 벗을 힘은
있겠지요?

누구에겐 첫 페이지가 될 테고 또 누군가에겐
마지막 페이지가 될 것이다. 손가락에 침을 잔뜩 발라
118페이지를 넘기려는 한순간, 당신은

당신의 퉁퉁 불어 터진 그림자를
우산처럼 들고 인간에게 충성을 다하는
神을 만나게 된다.

그러면 누군가 인디언 소녀 같은 얼굴로
이렇게 말할 것이다. 정말이네,
또 비가 오네.

패왕별희(霸王別姬)
─포옹에 관한 몇 가지 서사

하나의 몸이 또 하나의 다른 몸을 들일 때마다
떠오르는 영토가 있었네 장자방(張子房)을 흘러나온
중국 악기의 난(亂)처럼 내 몸을 살았으나
통치할 수 없는 그 영토의 왕은 짐승이어서
자꾸 다른 세상이 온다

전생에서도 후생에서도 키울 수 없는
짐승, 그게 사랑이어서 야생이어서

중국에는 없는 중국 악기처럼
와라, 하늘과 땅 같은 거 버리고
내게 와서 울어라

그 어떤 사상도 물화도 통용되지 않는
식민지여 아름다운 나의 난(亂)이여

두 번 다시 들어 올릴 수 없는 앞발을 위해
암컷에게 머리를 바치는 수사마귀처럼

죽을힘 다해 내가 껴안은 것은
당신이 아니라 당신을 뺀
나머지였으니,

죽음 하나가 들어갈 구멍인가

아기 하나가 들어갈 구멍인가

신(神)에게 빼앗은
인간의 마지막
영토였으니,

백야(白夜)
─공장주의자들의 序

인간들 품에 한 번이라도 안겼던 인형들은 점점 고약해지기 시작하는데(정신적으로)

그는 인형공장에서 쏟아진 인형 가운데 조물주가 있다고 생각한다(나사가 풀린 듯)

그가 조립하는 레고는 세상을 떠도는 온갖 영혼들과 외계인마저 무릎 꿇게 만드는 완벽한 인격체, 공주인형까지 공장을 나와 서둘러 예를 갖추기 시작한다(겁먹은 얼굴로)

거 봐, 내가 말했잖아 인형들도 가끔씩 동물원에 놀러 온다고, 그가 말했다(냉장고 문을 열었다 쾅 닫으며)

곰인형이나 원숭이인형도 올까요? 공주인형이 말했다 (애가 타는 눈빛으로)

처키인형이라도 와야 할걸요 절대 안정을 취해야 해요

아기는 아기대로 엄마는 엄마대로 지금부터 다른 생각을 할 필요가 있습니다 주치의가 말했다(송곳니를 드러내며)

처키인형이라면 몰라도 조물주가 엄마라고 부르는 건 싫은데, 그의 아내가 말했다(신경질적으로)

엄마가 아니라 딸이라고 생각하면 되지 않을까요? 동물원에서는 어미와 새끼가 낮과 밤처럼 뒤섞여 있잖아요 간호사가 말했다(엉덩이를 흔들며)

그는 모처럼 조물주와 낮술이나 한잔 해야겠다고 생각한다(콧노래를 부르며)

아직도 인간을 조상으로 섬기는 곰과 발이 작은 여인 몇을 데리고 술집으로 가던 그가 인형뽑기방 앞에서 머리를 쥐어뜯기 시작한다(나사를 조이듯)

그는 생각한다 조물주가 먼저 자신에게 술잔을 건네야

한다고,(훗훗!)

　그는, 훗훗!

사마귀

내 입술을 버리고 당신 입술을 가졌다

공중에 걸려 있던 모든 길을 먹어 치웠다 교미 후 수컷의 머리를 씹는 암컷 사마귀처럼 그렇게 나는 당신에게 못다 한 사랑을 전해 드리고자 했지만, 당신의 입술이 내 몸을 꿰매기 시작했다

태어나 좋은 꿈 한 번 꾸지 못하고 간다 그러니까 나는 저만치 내 무덤 속에서 팔다리를 꺼내는 데 한평생이 걸렸다고, 당신의 부서진 어깨 위에 머리 하나 기우뚱 달처럼 얹어 놓고 간다

혀를 뽑아낸 자리에 애기똥풀 피었다

대부분의 연애류 2

대부분의 연애는 다닥다닥 바위에
달라붙은 조개류, 지금 나는 당신의 옆구리
당신의 의자

마산어시장 한 귀퉁이 자전거포 지나
발동이 늦게 걸린 연애들이 모여 있는 곳까지
걷는 것을 좋아한다 지옥에서 온 개처럼
당신이 흘린 피를 따라 걷다가 물의 계단을
오르며 뜨거워지기를 부디
뭉개지기를, 나는

불로 물을 끌 수 있다고 믿는 앵무조개, 죽어서도
입 열지 않는 연애 하나쯤은 가지고
싶었지만, 어느 가난한 영혼에 얹혀사는 듯
거북 등딱지처럼 자꾸 단단해지는
몹쓸 기분

대부분의 죽음이 연애의 예고편이란 말을

떠올렸는지도 몰라 펄펄 끓는 조개탕 속에서도 끝내
입을 열지 않는 조개처럼, 당신은 알까
독한 사랑 독한 이별은 오로지 하나의 입으로
걷는다는 것

어차피 죽는다니까 그래, 그래도 죽음은
우릴 생각조차 하지 않을 테니까

참 무심하더군
역시 조개는 탕보다 구이가 낫다는
마지막 대사 한 줄은 아껴야 한다는 듯 당신은
의자에서 꼼짝 못할 형편인데도
나 따윈 안중에 없더군
앞만 쳐다보더군

울기 시작하더군

낭만주의자들의 경우

대개 뿔이 뭉툭한 짐승들의 목소리를 사용한다

머리부터 꼬리까지, 생각은 기어서 다니고
그러다 힘들면 걸어서 다니고

흰 뺨에서 검은 뺨으로, 검은 뺨에서 흰 뺨으로

생각 또 생각, 뿔을 지팡이 삼은
생각은 모래시계를 뒤집듯 사랑을 꺼내고
심심하면 시체를 꺼내고

발 달린 구름처럼, 녹는 물고기˚처럼
밤이 낮을 데리고 지나가고

마침내 종이 위에 풀을 심어 말처럼 달리고 달리다
뿔 대신 시인들의 바지를 잉크에 찍어
연애에 사용하기도 한다

미쳤군 또 미쳤어

길 잃은 짐승들을 잡아와 밥할 줄도 모르는
남의 집 여자들과 나눠 먹기도 하면서

당신에게 간 내 그림자는 어디까지가 손님일까?

이윽고 방죽처럼 어둑어둑해진 생각에
낡은 모자와 반바지를 내어 주고
미쳤군 사이좋게

끝내 갈라서지 않는 두 뺨을
술집 아가씨 볼기짝처럼
꼬집으며,

* 앙드레 브르통, 「녹는 물고기」.

수영장을 공장이라고 말하는
金아무개 氏의 경우

그리 놀랄 일은 아닙니다

인간이 가진 어리석음이나 게으름 또한
수영 무료 강습에서 배울 수 있는 영법의 하나라는
견해가 있습니다 글쎄요 인생을 건너가기엔
개구리헤엄이 최고라는데 공장에서
생산되는 영법이라죠

술을 마시다 보면 하늘에 발이 닿습니다
목욕탕 가는 옆집 아줌마를 수영장 간다고 웃고
수영장에 가는 딸을 공장에 간다고 우기는
金아무개 氏의 심오한 견해는
타이어공장 시커면 굴뚝에 한쪽 발을
걸치고 있는 겁니다

출근 중인 올챙이와 퇴근 중인 개구리 중에서
수영은 누가 더 잘할까?

밥 먹듯이 하는 야근에도 바짝 긴장하며
별 볼일 없는 생각으로 골똘한
金아무개 氏 나이는 쉰, 그 누구보다 열심히
팔다리 휘둘러 초등학교 1학년 때쯤으로
거슬러 올라가는 중이죠

그러니까 소름 끼치게도 인간적인
金아무개 氏의 수영 실력은
땅 짚고 헤엄치는 자들이 지은 공장에서
생산된 겁니다

뭐, 그리 놀랄 일은 아닙니다

金아무개 氏 머릿속의 생각이
金아무개 氏의 팔다리를
사용하지 않는다는
사실은,

3부

음악들은 좀 앉으시지

음악들은 좀 앉으시지

먼저 이렇게 쓴다. 내 몸을 어딘가 버려야 한다면 당신이 좋아하는 음악 속이라고, 글쎄 나는 지금 미아삼거리 허름한 여관 욕실에서 양말을 빨고 있는 중인데요. 팬티도 아니고 양말을 빠는데요. 거 참, 사람을 물로 봤는지 꾸중꾸중 꾸짖는 소리, 목이 늘어난 넌닝구처럼 사람을 쥐어짜는 물소리 한번 참 몰상식하데요.

음악을 좋아하는 여러분들께서는 콧구멍에서 발가락이 기어 나오거나, 내 혀가 남의 여자 입안에서 춤추는 장면을 보고 계신 건데요. 마초처럼, 그것은 사랑한다는 말이 살과 뼈를 얻어 지옥을 수행하는 제의(祭儀), 그러니까 나는 양말 한 짝 달랑 입에 물고 지옥과 천국을 오간 적이 있다는 얘긴데요.

울고 싶데요. 문득 혀를 자르고 싶은 날이 있었다는 말인데요. 물고기와 살을 섞은 적은 있겠지만 말을 섞은 적은 없다는 말을 하고 싶은 건데요. 그냥 확, 다 때려치고 싶데요. 사는 일을 관두면 죽는 일도 관둘 수 있냐

고 묻고 싶었던 건데요. 자꾸 숨이 가팔라지데요. 두통
은 누가 갖다 놓은 달일까?

　이미 발을 빠트렸으나 물속에서는 살 수 없는 물고기,
마음이란 게 그런 것 같데요. 이건 뭐, 내 몸이 음악을
두들겨 받아 낸 구름도 아니고 돌아 버릴 것 같데요. 죽
었다 깨어나도 모르겠다 싶데요. 해서 하는 말인데요.
머리부터 박박 밀고 다시 쓰고 싶데요.

　음악들은 좀 앉으시지

졸음도 야생이어서

　졸음을 꽃의 조문으로 이해하던 날, 생의 바깥 페이지들이 나타나기 시작했다 자글자글해진 눈가의 주름살 떼어 내 읽어 주듯 시작되는 나비의 전생, 그곳으로 옆집 꼬부랑할매 염소 한 마리 몰고 가는 동안 봉당에서 졸던 우리 아부지 검은머리 다 뜯어먹고 하늘을 벗었다 깜빡, 사각팬티인 줄 알았으리라 당신은 그저 갈아입고 싶을 뿐이었겠으나 인생은 애당초 집으로 데려오는 게 아닐 것이다

가만히 두 뺨
—비와 손님 2

왼쪽 뺨에게 오른쪽 뺨은 손님

가끔씩 뺨은 산산조각 난다, 여기까지가
내가 몸으로 때운 연애

모르스 솔라(Mors sola) 모르스 솔라(Mors sola)*

비가 산산조각 난 뺨을 주워 다시 붙여 줄 때마다 울
었지
　내가 울면 당신도 울었지 뿌옇게
　언젠가 연애시집 한 권쯤은 묶을 수 있으리라
　믿었지만, 딱 거기까지만

당신의 두 뺨을 어루만지며 알게 되었다
기어코 나는 나로부터 따귀조차 맞을 수 없다는 사실
그게 시라는 아픔

여기까지가 내가 묶어 둘 수 없는

한쪽 뺨의 영역

어떤 인간이든 저 안쪽 깊숙이
神의 팬티 한 장쯤은 숨겨 두었을 테고
그걸 꺼내 입을 때마다

뺨은 산산조각 나고, 비는 산산조각 난
그 뺨을 창문처럼 닦아 가만히

모르스 솔라 모르스 솔라

오른쪽 뺨을 염소처럼 데리고

왼쪽 뺨이 있는 집으로
다시,

* 죽음이 갈라놓을 때까지.

연탄곡(連彈曲)

"내게 더 많은 슬픔을 주시구려."
— 『조르주 바타유—불가능』에서

神과 싸우기 위해 필요한 건 두 명의 인간과 하나의
입

세상은 언제나 four hand performance로 돌아간다
는 얘기, 그와
그녀가 하나의 침대에 비문을 세울 수 있는 건 제각기
가슴에 모았던 두 개의 손을
네 발로 내려놓았기 때문이지만 하나에서 두 개로 늘
어난 입을 어쩌지 못해
음악이 태어나고 지옥이 열렸다는 말씀

믿어라, 인간의 그 어떤 권위나 가능성보다
말 못하는 짐승들의 뒷문을 통해 온다, 마침내 왔다
짧고, 깊고, 그리고 길게
늙지 않는 울음을 가진 인간들의 발밑에 神을 내려놓
기 위해 바오밥나무는

76

몇 개의 손을 잘랐을까?

한때 배 속의 아기였던 그와 그녀의 기억이 틀리지 않
았다면
神은 인간의 숨을 음악으로 사용한다는 얘기, 그러니
까
섹스는 죽어서도 썩지 못한 살[肉]의 한 구절로
영혼의 입을 틀어막는 일

울면서 왔으니까 울면서 가야 한다

가능한 한 아프게, 그리고
불손하게

원숭이 막 도착하고요

늘 바깥을, 놀고먹더니, 인간 너머를, 춤추더니
이제야 도착하네요 나는 감자를 삶고요
삶을 수 없는 대추알이나 부화되지 않은 오리 알 혹은
막 건너뛴 점심은 추억이나 하고요
물처럼 흘러가는 일과 살처럼 더듬는 일 사이로
구름은 양보다 부엉이나 캥거루가 좋을까
기도의 자세를 망설이고요

까치밥 옆에 매달린 이파리를 보면
잘 아프지도 않아서 감나무 폭삭 주저앉을 때까지
매달려 끝까지 떨어지지 않을 것 같아서
벼락이 궁금해지고요 문득 생각난 삼 년 전의 애인은
두 다리를 가슴 쪽으로 끌어당기고요
너 없인 못살겠던 날들이 감자를 먹고요
어제는 죽어도 배가 고프고요

비가 오나 눈이 오나 죽은 아버지는
캥거루 주머니에 담겨 오고요 이제 막 다시 태어난 엄

마는

　　조랑말 타고 오고요 어떻게 올 수 있는 건지
　　여기서는 묻지도 따질 수도 없고요
　　절벽 따라갔던 흰 염소처럼, 흰 염소를 데리러 갔던
　　검은 염소처럼, 정말일까요 양을 만든 그분께서
　　당신을 만드셨을까요?*

　　바오밥나무에서 떨어진 긴꼬리원숭이들처럼

　　어제까지도 몰랐고 내일도 모를 애인들
　　막 도착하고요

●　박민규, 『더블 side A』 수록 단편 제목에서 차용.

물고기와의 뜨거운 하룻밤

나는 아무래도 눈물 한 토막을 전생에 두고 온 것 같
다

그렇지 않다면 펄쩍, 어항 속을 뛰쳐나와 바닥을 팔딱
거리는 금붕어에게 눈이 멀 까닭이 없다 화장을 지우는
당신 입안 깊숙이 나는 아직도 새빨간 거짓말이다

달의 속곳이라도 훔쳐 입은 듯 달달해진 그림자 밑으
로 손을 집어넣으면 바람이 발라낸 당신의 살이 만져지
는 밤, 텅 빈 어항 하나로 떠오른 나는 아무래도 눈물에
길을 가로막힌 것 같다

내일쯤 눈꺼풀을 잘라 내기로 했다 푸드덕 머리를 열
고 날아오르는 새들보다 먼저 태양을 필사한 금붕어 배
를 갈라야겠다

스르륵 바지부터 벗어던지는 혓바닥이 너무 달콤하고
뜨겁다

그러니까 내게 눈물이란 까마득히 밑이 보이지 않는
바닥을 솟구치다 딱 두 눈을 마주친 물고기의 전생, 아
무래도 내 몸은 영혼을 헛디뎠다 사랑에 빠질 때마다 둥
둥 강을 거슬러 오르다 죽은 연어가 떠오른다

사랑해, 라고 속삭이는 당신의 거짓말로 살기엔
가시가 너무 많다

굴건(屈巾)

　이를테면 쉰을 넘긴 사내가 혼자 밥 먹을 때의 기분이
란
　굴건 대신 뒤집어쓴 닭요리 같아서,

　잠이 들어서는 얼마나 웃었을까 그러니까 죽을 맛이
다, 죽을 맛이다, 하고 새벽닭 울음소리라도 빌린 사람
들 사이로 당신 또한 이미 썼다

　이건 도대체 생이 무슨 요리책도 아니고, 교양도 없이

　몸에 해롭지 않은 음식처럼, 당신의 죽음은 당신의 입
을 벌리기 위해 매일 아침 식탁 위에 놓여 있고, 너무 자
주 눈을 마주친 당신은 늘 라면냄비에 계란을 푸는 자세
로 발견되고,

　나는 상갓집에서 만난 나를 모른 척 지나쳐 아무도 모
르는 곳으로 가서 살고 싶었지만 그렇다고 영영 모르는
사람이 되는 것은 죽기보다 싫어서, 체면도 없이

당신이나 나나 별 볼일 없는 인간들의 긴 곡절이란
죽을 맛을 통과해야만 얻을 수 있는
가금류의 화석 같은 것

분명 내 안에서 벌어졌지만 내가 모르는 일이 있다

하늘에서 뛰어내린 듯 불쑥 나타난 개가 혀를 빼물고
제 죽음의 입을 벌리려는 듯 유유히
흘러오고, 흘러가는

인형의 문제

나는 좋은 사람일까?

이상하다, 내가 내게 물어야 할 말을 네가 하고
나는 생각한다 당신이 뭔데?

이상해진다, 점점

너는 애인인데 문득 엄마였으면 좋겠다는 생각이 들고
몸을 나눴으면서도 마음을 나누기엔 이미 늦었다는 생
각은
부록이다

분명 내 인생인데도 가지지 못한 인형처럼
인생이 마음대로 되지 않는다는 나쁜 생각이 들고

점점 더 이상해져서

나는 왜 나를 죽였어야 했는지 몇 번이나 왜 그래야만

했는지

  그러다가도 아직 죽지 않았을지 모른다는 생각이 들고
  그렇다면 정말 큰일이라는 생각이 들고

  성장이 멈춰 버린 아이처럼, 마침내 나는 점점
  아무 말을 하지 않게 되고 나만 들어내면 내 인생이
  확, 달라질지 모른다는 생각이 들고

  참 이상하다, 점점 더

  내가 내게 물어야 할 말을 오늘은 세상이 하고
  나는 생각한다, 세상이 뭔데?

  문득 확, 돌아 버리고 싶은 생각이 들어서는

  나는 나쁜 사람보다 더 나쁘고
  좋은 사람보다 더 좋은
  사람일까?

한참을 미안해져서는

닭은 응, 그런다

이것은 줄탁을 거부한 어느 달걀 이야기
닭을 불러 본다 계모처럼, 불러 본 지 백 년쯤은 족히
된 것 같아서
물끄러미 하늘만 쳐다보고 살아 한참을 미안해져서는
혀를 따라가기로 한다

아침에 먹은 라면에 달걀을 풀었는지 기억나지 않는
날을 지나
이상하다, 창문이 흔들릴 때마다 어제는 수상하고 내
일은 이상하고

닭을 불렀는데 자꾸 달걀이 나와서는 더 이상
지구가 돌지 않는다고 말했다

울어야 할지 웃어야 할지 몰라서 달이 태어났다고 썼
다

몇 번의 연애가 그렇게 뒤룽뒤룽 엉덩이를 밀며
왔다 가는 동안 얼굴이 문을 닫았다

비 오는 날의 함바집처럼, 닭을 따라가는 달걀에게
우산을 씌워 준 적이 있다

밤이 몸을 흔들 때마다 코를 골았다
꼬챙이 가득 울음 꿰인 새벽닭 모시러 달걀이 가는 곳
은
동쪽일까 서쪽일까

늦은 저녁 라면에 달걀 하나 풀어 휘휘
차마 깨뜨릴 수 없는 울음에 피를 돌릴 때까지
나는 지상파가 아니다

닭을 불러 본다
닭은 응, 달걀아 배다른 울음아
많이 컸구나, 그런다

의자가 왔다

그때 그는 누워 있었다. 의자는 누군가를 데리러 왔지만 그가 아닌 것만은 분명했다. 의자가 왔다. 그가 의자와 엽서를 주고받은 것은 아버지가 엄마를 버렸을 때부터. 그때부터 지금까지 의자가 그에게 보낸 짐승들은 쉰 두 마리. 친애하는 염소에게, 친애하는 돼지에게, 친애하는 두더지에게, 급기야 친애하는 마담에게까지. 의자가 왔다. 누워 있는 그를 빈정대며 의자가 말했다. '이보시오. 여긴 당신 집이 아니오.' 의자는 누워 있는 그의 옆구리를 걷어찼다. 친애하는 두더지와 염소는 그런 의자의 행동에 놀란 기색이었지만 돼지가 꼬리를 자를 만큼 친애할 수 없는 일이 생기진 않았다. 의자가 왔다. 네 개의 발로 하나의 엉덩이를 받들어야 하는 사랑의 자세가 그랬다. 의자가 왔다. 호스피스병동 자원봉사자처럼 사심 없는 얼굴로 왔다. 그는 의자가 만들어지기 전부터 누워 있었다. 그는 의자가 망가질 때까지 누워 의자를 기다릴 것이다. 의자가 왔다.

의자가 당황하기 시작한다. 엄마 배 속에 있을 때부

터 의자는 그를 좋아하지 않았다. 친애하는 염소와 친애하는 돼지와 친애하는 두더지와 친애해서는 안 될 마담만 사랑했다. 의자가 왔다. 그는 누군가의 유언처럼 누워 발가락을 꼼지락거렸고 친애하는 염소는 옥수수를 삶고 있었다. 의자가 왔다. 친애해서는 안 되는 마담은 친애할 수 없는 남자의 아랫도리를 벗기고 있었다. 의자가 왔다. 친애하는 돼지가 식탁 위의 꽃병을 치우고 음식을 늘어놓기 시작했을 때 친애하는 두더지는 그가 누워 있는 바닥에 구멍을 뚫고 있었다. 의자가 왔다. 기도하는 자세로, 개 같군! 의자가 말했다. 그는 배신당한 유언*처럼 어디에도 꽂힐 수가 없었다. 의자가 왔다. 그의 죽음 뒤에도 남아 앞발을 모으고 있을 어미 개처럼, 그때 그는 납작 엎드려 있었다. 친애하는 염소는 삶은 옥수수수염을 뽑고 있었고, 그는 친애할 수 없는 아버지가 난생처음으로 보고 싶었다.

* 밀란 쿤데라 에세이집 『배신당한 유언들』에서 차용.

극야(極夜)

눈은 쌓이고 얇은 캐시밀론이불 속에
혼자 누워서 왼쪽 발을 오른쪽 발에 포개고
침대 밑을 돌돌 굴러다니는
양말을 떠올리면서 젖가슴이 큰 여자와 둘이서
누워 있으면 침대 밑에 떨어진 그림자도
폭신폭신 솜이불처럼 두꺼워질까 생각하면서
죽을 만큼 안아 주면 다시 얇아질까 쿡쿡
두꺼운 낯가죽을 찔러 보면서
캐시밀론이불 부드러운 감촉을 부스럭거리며
머리맡에 벗어 둔 안경을 쓸까 말까
고민하면서 닦고 또 닦아도 눈물이 마르지 않는 건
문밖에 쌓인 눈 때문이라고 우겨 보면서
누가 혼자 울어 쌓는가 보다 창에 구멍을 내면서
마르면 신어야지, 지난 저녁
돼지국밥집에서 땀에 젖은 양말을 벗어
핸드백에 집어넣던 말라깽이를 생각하면서
눈물은 왜 다리가 꼬이지 않는 건지
생각하기도 싫다는 표정을 천장에 집어던지다

뒤통수와는 언제부터 금이 갔는지
그림자를 건져 올리면서
말라깽이의 양말 속 눈송이 같은 아이가
으앙으앙 그을음으로 태어났다고 생각하면서
문득 눈물은 침대 밑을 굴러다니는
양말을 닮았다고 무릎을 치면서
팔순 어머니 머리카락보다 하얗게 센
머릿속을 깔고 앉거나
머리끝까지 그림자를 뒤집어쓰고
골골거리기 딱 좋은 밤이라고
히죽히죽 웃으면서

그리하여 홍합처럼
—숨바꼭질의 정신사

나는 왜 가끔씩 인간의 언어보다 개소리가 필요한 걸까요. 핏줄보다 신경질이 더 절실한 걸까요. 아직도 뜨겁기 때문이라는 개 풀 뜯어먹는 소리는 집어치우시지.

이를테면 모든 말에는 살이 묻어야 한다는 거, 그래서 개보다 먼저 개처럼 짖어야 할 때가 있다는 거, 그러니까 아버지는 빠지시지. 나는 당신의 개털이 아니므로,

젖은 베개 밑에 떨어져 있던 머리카락 한 올이 눈알을 터트릴 것 같은 여기는 한 여자의 골방, 마른입으로 뻑뻑 피워 올리는 담배 연기가 신기루 같소. 그렇다면 술래가 아닌 모든 種들은 울음을 멈추시오.

그렇소. 홍합처럼, 울음을 까는 일이 아버지가 되는 일과는 다르잖소. 그리하여 꼭꼭 숨어라. 머리카락 보일라. 그런데 누구였더라, 나는 누구였더라? 저승사자란 놈은 흔해 빠진 세상의 오빠들처럼 아직 대가리 피도 안 말랐고,

입안의 혀가 비비 꼬이는 걸 보면 지금까지 내가 눌어붙었던 곳은 한 여자의 골방이 아니라 마른하늘, 나라 돌아가는 꼴을 보면 날벼락을 주먹밥으로 쓸 수도 있을 것 같소.

그러니까 세상은 좀 빠지시지 씨발, 좆도 모르는 인간들은 빠지시지. 나는 지금 개보다 더 개소리가 필요하단 말이지.

우산

나는, 내가 들어 올린 여자를 자주 잃어버린다

4부

원숭이의 원숭이

혀의 산책
－오아시스

바람에 쫓기다 더 이상 갈 데 없으면
사막으로 가야지 모래로 밥을 지을 수 있는
여자 하나 꼬드겨

두 손 꼭 잡고 죽었으면 죽었지
어물쩍 침 넘어가는 소리는 귀신도 모르게
세상에게 들키지 말아야지

나는 가진 게 침밖에 없다는 말을
살살 여자의 입안으로 굴리면 사막 어디선가
굶어 죽은 자들의 가늘고 긴 손가락이
숭숭 피어오르고, 여자는 사막여우라도
몇 마리 낳아 주겠지

그러니까 나는 가진 게 너무 많아져서
밥도 먹기 싫어질 테고 여자는 배시시 웃으며
내 두 눈 가득 모래를 퍼 담겠지

머리에 풀이 돋아나기를 기다리며
둘이서 가만히 쪼그려 앉아
침을 뱉으면 샘이 될까

산책의 기술

그는 자꾸 떠나려고 하고, 그런 그를, 그는 자꾸 어이
없어 하다가

툭툭 돌멩이 하나를 깨우려 하다가 이건 뭐, 보수도
아니고 진보도 아니고

그는 실실 자꾸 웃으려고 하다가 자꾸자꾸 두 발을 저
어

늙은 배롱나무 밑에서 식은 손을 주워 머리 위로 집어
던지다가

공기보다 가벼운 거짓말로 혀를 녹이려 하다가 그는
자꾸

무거워지려는 얼굴을 피하기 위해 그는 자꾸 다정해지
려고 하고

개개비 둥지에 벽시계를 걸어 놓는 뻐꾸기처럼

너무 자연스러워 보이려고 하다가 인간을 벗어났다는
걸 눈치챈 그는

자꾸 원숭이보다 높이 올라가려고 하고, 그런 그를, 그
는 자꾸자꾸

눌러 앉히려 하다가 궁둥이를 시계 반대 방향으로 돌
리며, 뻐꾹
그는, 자꾸, 뻐꾹, 뻐뻐꾹

먹고사는 일을 취미생활로 바꾸려고 하다가 자꾸자꾸
방탕한 선비생활을 먹고사는 일로 바꾸려 하다가

이건 뭐, 예술도 아니고 기술도 아니고, 깜빡 그를 지
나친
그는 자꾸 뻐꾹뻐꾹, 하고 우는 뻐꾸기도 아니고

그는 자꾸 붓처럼 휘어지는 다리를 들고 뻐꾹, 뻐뻐국,
자꾸 뻐꾹, 자꾸자꾸 뻐꾹, 자꾸자꾸자꾸

옆구리에서 흘러내리는 흙을 주워 담으려고 하다가
이건 뭐, 사는 것도 아니고 죽은 것도 아니고

누군 딸꾹질 같은 연애하러 가고 누군 집에 밥 먹으러

간다는데

　그는 자꾸 돌아오려고 하고, 그런 그를, 그는 때려죽이
려고 하다가

　그는 자꾸 뻐꾹뻐꾹 발밑에서 솟아오르는 바닥을

　살살 달래려고 하다가 그는, 자꾸

　자꾸,　뻐꾹,　뻐뻐꾹

계륵(鷄肋)

이윽고 밥맛 떨어지는 시절을 건너가는 당신 옆구리 근처 어둠이 내렸다고, 펑펑 눈 내려도 덮이지 않는 그림자를 종이 위에 올려놓고 울었다

옻나무보다 먼저 돌아가야 한다고, 전기밥통 속의 플라스틱 주걱으로 늦은 저녁달의 뺨을 후려칠 때마다 나는 당신의 그림자를 변기 속의 고인 물처럼 바라보는 것인데,

쌀이 울었을까 살이 울었을까

하늘에 누른 가래침을 뱉다 돌아가신 아버지는 대체 그 좁은 이마 위에 어떻게 펄펄 끓는 그림자를 올려놓았을까

밥으로 독을 만들지 못한 심약함에 대해 중얼중얼 종이 밑으로 발목이 떠내려갈 때까지 썩은 피라도 뒤집어쓰고 싶은 것인데, 시커멓게 탄 잠처럼 스르륵 나를 열

고 나간 내 신발 밑에 쪼그리고 앉아 아직도 불을 지피
고 있는 어머니가 보였다

그러지 마, 그러지 마, 어느새 달과 눈이 맞은 당신은
기어이 나를 식탁 위로 끌어 올렸다

죽이라도 쑤고 가야 생이다

화양연화(花樣年華)

가게 밖을 청소하다 보니까 빤히 나만 쳐다보고 있더라구요, 달이

키가 훤칠한 기둥서방처럼 밤이 드나든 흔적은 없었지만 그녀에겐 그녀조차 모르는 비밀이 있는지 모른다

그날 밤 나는 나무가 된 기분이었고, 한 생을 건너가기란 그리 쉬운 일이 아니지

꼬리가 뭉툭 잘린 길고양이와 가로등 사이 그녀는 한입 가득 먹다 남긴 제 그림자를 어디다 쓸어 담는지

달은, 그녀를 사랑하는 나보다 더 궁금했던 거다

살을 문질러 물소리를 내는 게 쉬운 일은 아니지 그러니까 미인이란

더 이상 달에게 뿌리를 바칠 수 없는 나무가 되어서야

할 수 있는 말이지

원숭이의 원숭이

뚱뚱하고 키 작은 남자 혹은 목이 긴 여자의 경우에도
사정은 비슷하고 예기치 못한 일은 발생한다
나무에서 내려오는 법을 먼저 배웠으므로,
새를 쓸 줄 모른다 머릿속이 너무 식어 버린 까닭에
두 손을 울음으로 말아 사용하는 일은 없지만
자꾸 꼬이는 두 발로 바람을 뒤적뒤적
글을 날려 보내려는 동작이 많고
의자와 친한데, 이따금 하늘을 떠가는 비행기들이
자신들의 연애에 끼어들거나 침대 사이즈를 간섭하기
위해
존재한다고 믿는다
그는 그렇게 걸음을 재촉했고 누구보다 빨리 달렸고
나무에 올라타 매미들의 뜨거운 울음 속으로
목을 집어넣고 자음과 모음을 물고 나오던
어느 날, 다음 일이 발생하였다
나무의 최초를 껴안아 본 인간의 낡은 가방 속에서
비행기 한 대가 떠오르는 순간이었다
그는 원숭이의 긴 팔 하나를 나뭇가지처럼 뚝,

꺾어 자신의 화분에 심었다
나무가 나무에서 내려오게 하는 법을 아직도
배우지 못했으므로,
그는 구름마저 쓸 줄 모르지만 아직 깨어나지 않은
인간의 일부가 있다고 믿는다 그는 이따금
시골 할머니 집 암탉을 모자처럼 푹 눌러쓰고
속삭인다 비행기가 땅에서 살도록 살살
달래기 시작한다

쥐

개처럼 목줄 묶어 아침 산책이라도 나가면 세계 각국
에서 보낸 도둑고양이들의 관광엽서가 발밑에 쌓였다.
그때마다 나는 히잡을 쓴 무슬림이 주인으로 있는 여인
숙을 떠올렸고 거기서 내가 처음 울었다는 말을 생각해
냈다.

옥수수 밭을 지나 어미 쥐의 꼬리를 잘라 먹는 아기
쥐처럼 그렇게 나는 나를 숭배했지만, 두 번 다시 내게
오지 않을 말을 물어 나르며 세상에 저항했지만, 하나의
목숨으로는 받아 낼 수 없는 말이 있었을 것이다.

그러니까 내 죽음은 너무 오래된 거짓말, 모종의 숨구
멍을 둘러싸고 암투를 벌이던 두 마리의 쥐가 기념 조형
물로 변했다. 도둑고양이들의 조문이 꼬리에 꼬리를 물
었다. 나는 다시 발이 귀보다 작은 묘족들의 동장(洞藏)*
을 떠올렸고 거기서 내가 죽었다는 말을 생각해 냈다.

나는 다시 태어날 것이다. 내게 세상의 모든 말들이 쥐

똥처럼 까맣게 익어 갈 때까지.

내 왼쪽 귀는 수컷이고, 오른쪽 귀는 암컷이다.

---

* 동장(洞藏): 죽은 사람을 절벽 속에 묻는 묘족의 풍습. 한족을 비롯한 다른 부족의 침입에 맞서 조상의 묘를 안전하게 보존하려는 묘책이다.

잠(潛)

비파나무 이파리 위에 발을 하나로 올려놓는
는개처럼, 여기서부터 또 잠이다 당신을 가늘게
오르내리던 숨을 따라 걸어 본다

혼자서 되는 일이 아니다

내 몸을 내가 나르는 일마저, 끝내
나는 당신을 잊지 못한 것이다 언젠가 한번은
물에 대해 말하고 싶었다

왜 머리가 없는 걸까 도대체 왜
내 삶은 엉덩이뿐일까

흘러간 물의 얼굴을 찾아내서
눈을 감겨 주고 싶었다 여기서부터 또 잠이다

당신의 안일까 밖일까? 나는, 나를
가만히 울어 본다

그러나 나는 이 사실을 아직도
나에게 알리지 못했다

한숨

닭을 바라보는 일과 닭을 잡아먹는 일 사이
바람 간다 울면서, 그것이 사람의 일이라는 듯
나는 그냥 가만히 앉아만 있으면 실려 간다 그것이
바람의 일이라는 듯

당신은 첫 번째 여자야, 라고 했을 때 그녀는
울었지만 백한 번째 닭이야, 하고 바꿔 말하자 환하게
웃었다 아무 죄 없이 목이 비틀어질까 봐
그것은 죽은 몸에 불을 켜는 일

바람은 또 지나간다 어떤 날은 머리맡에 앉아
홰를 치기도 한다 잠을 퍼먹던 숟가락처럼 말없이
앉아 있다가 그것밖에 할 일이 없었다고
사람 흉내를 내고, 나는 그냥 조용히

그냥 실려 가기만 하면 된다 가끔씩 얼굴을 살짝 돌려
닭을 바라보는 일과 닭을 잡아먹는 일 사이
숨을 내려놓고 먼지처럼 들이마신 나를 살살 달래며

통통하게 살찌워 그녀를 지나 지옥까지

조금 더 아프게, 조금 더 깊게
내 안에서 키우던 나를 무사히 들고 나가기만 하면
바람은 완성된다 그것이 사람의 일이라는 듯
치킨 한 마리쯤은 시켜 먹을 수 있다

당신은 백한 번째 여자야, 내가 죽은 뒤
지나가는 첫 번째 닭이지

개털

먼저 개가 되어야 한다. 개털이 되려면
그러니까 개털, 개털이라고 아무 생각도 없이
짖어 대는 당신으로부터 멀어져 나는
지금 머리 깎으러 간다.

개털이 되자, 진정한 개털이 되자. 그것은
어느 방탕한 탁발승이 제 머리를 깎다가 깜빡 목을 베
는 일.
느릿느릿 아파트단지를 찾아온 떠돌이 개 꼬랑지 위에
나는 밥그릇처럼 얼굴 엎어 놓고
슬그머니 뒤로 빠진다.

이것은 개보다 잘난 놈이거나 못한 놈이 아니라
개 같은 놈의 이야기, 하루도 쉬지 않고 열심히 아팠
던
마음은 오늘도 三步一拜!

개털, 개털 하고

불경한 몸을 짖어 대지만 부처님 앞에 두 손을 모은
우리 엄마는 나를 낳은 게 아니라
내다 버린 건지 몰라.

그러니까 사람 노릇 못하는 놈은
개 노릇도 할 수 없는 법!

여기는, 반질반질해진 전생이 흔들어 대는
꼬랑지 위의 개털 미용실.

혀를 붓으로 만들 셈이에요?
나를 한번 건너간 여자들은 왜 하나같이
엄마로 변하는 걸까.

빙의(憑依)

저승에서 이승으로
내게 울음을 버리러 온 듯

누군가 저 멀리 내다 버린
바구니 안의 아기 같은
당신 너머

한 번 건너면 다시는
돌아올 수 없는 세상의 오랜
기도를 닮아서,

두 발이
고드름처럼 녹아내리는
저녁

단 하나의 이 심장을
나더러 어떻게 내가
나를 어떻게

몸 없이 우는 법만 배워
입안 가득 神을 넣어 보라는 듯

숟가락을 집어 든
오른손이 왼손에게 죽음을
구해 오라는 듯

팔꿈치로 달을 쿡, 찔러서
창문 또한 콧구멍보다
작게 접어서

두 뺨 가만히
떼어서

또 고양이

잠이 좋은 것은, 그냥
더 이상 사는 척하지 않아도 되니까
죽은 아기고양이 울음이라도 빌려

불 좀 꺼 줄래.

어머니, 당신보다 먼저 태어났기 때문인지 몰라요.
빌려 쓴 게 너무 많아요. 나는 지금 연탄불 위의 생선
보다
몸이 굽어 가고 마음은 비뚤어진 상태여서
백 살 아님 구백아흔 살쯤?

그래요, 그러니까 또 고양이, 제대로 눈도 못 뜬
아기고양이가 제 울음 사이사이 바둑돌처럼 놓고 간
검은 벽돌과 하얀 침묵 같은, 그것마저
빌려 쓴 거라고,

그렇게 神은 사람을 생선처럼 사용하는 거라고

돈 대신 죄를 빌리고 늙은 팽나무 빌리고
집에서 키울 울음을 빌린 다음 여자를 빌리고
세상에 없는 기도까지 빌려 썼지만
또 고양이

내가 빌려 쓰기도 전에 그만 웃음과 울음의 순서를
  잃어버린 여러분들은, 생선을 먹으면서도 생선인 줄 몰
랐던
  罪의 이름과 나이를 지어 주길 바라오.

나를 걸어 나오는 숨마저 들리지 않는 곳으로
종이 위에 올려놓으면 검은 뿔테안경으로 변하는
그런 울음 속으로

목을 조이는 내 그림자가
어쩌면 神일지도,

베개

슬쩍, 목을 베어 선물할 일이 생깁니다 시도 때도 없이

자꾸 어지러워 아무래도 피가 부족해
그래서 나는 잤습니다 나랑 둘이서
손만 잡고

사랑에라도 빠지면 숨이 죽으려나, 깨진 화분에 물을
주는 일은 등 돌린 애인을 불러다 쓰는 교양도 없고 체
위도 없는 머리말 그런데, 그런데 말입니다 싸구려 여관
에도 있는 베개가 내 무덤에는 왜 없는 건지요 꽃을 만
지던 바람의 손을 주워 머리를 감고 면도를 하고 변기
밑에 떨어진 그림자 팔팔 끓여 맞이하는 아침의 이 상쾌
한 기분이라니,

선이 참 곱군요 기린도 아니면서
만원의 지하철 손잡이 위로 하늘하늘 달아나는
얼굴들이 참 많습니다

그러니까 슬쩍, 목을 베어 물침대 위에 띄워 놓고 왔거나 누군가의 식탁 위에 던져 놓고 온 거지요 누군가 베어 놓고 가면 누군가 와서 물을 주고 인간으로서의 계급과 품위를 잘 유지하고 계신 거지요

슬쩍, 목을 베어 장화처럼 신고 다니는 일도 자주 생깁니다

바둑돌처럼 척척 인간의 봉분을 갖다 놓는 神의 검은 한 수에 베개가 없었으니,

어느 소설가 놈은 히죽히죽 썼겠지요.

지옥이나 처먹으라고,

닭이 닭 잡아먹는 얘기

몸에 불을 붙이는 동안 그림자는
허공에서 울음을 꺼내 본다.

참 다행이다, 한 번도 늙어 본 적이 없어서

종이 위에 솥단지 걸어 놓고 포슬포슬
입속까지 올라가 보는 것인데

울음은 가끔씩 오리발이다.

참 다행이다, 구름은 꼬랑지가 없어서

털 다 뽑힌 마음을 바닥까지 내려놓는데
늙은 이팝나무 물 끓이신다.

갈 길이 아직 멀구나

참 다행이다, 뿔논병아리 모양

등에 업을 새끼가 없어서

가만히 날개를 적시는 동안 그림자는
神의 발바닥을 뒤집어 본다.

모가지 쭉쭉 빨면서

미스김라일락

오래도록 닭을 바라보고 있다 오래된 그는 오래된 닭의 기억 속으로 들어가고 있다 사이다, 기차, 미스 김 등등 있을 것들은 다 있다 없을 것들은 다 없다 있기도 하고 없기도 한 것을 골라 본다 설마, 했는데 달걀이 있고 달걀이 없다 닭의 기억 속에 있어야 할 달걀은 없고 그의 머릿속에는 없어야 할 달걀은 있다 좀 그렇다 그가 미스 김을 사랑하는 줄은 알지만 달걀도 좀 그렇다 달걀도 미스 김, 하고 부를 줄 안다 난리가 난다 닭이 될 생각이 전혀 없었던 달걀과 닭이 될 생각이 손톱만큼이라도 있었던 달걀이 순서대로 달그락달그락, 미스 김에게 가는 기차가 막 들어오고 있다

초등학교 2학년 때 일기장에는 달에서 뭔가가 툭, 떨어졌다고 적혀 있다

아무래도 그는 잠을 자면서 너무 많은 이야기를 했다 달에서 떨어진 그 뭔가가 타조 같은 여자가 사는 18층 베란다에 놓인 화분 같은 거라면 그나마 다행이겠지만

설마, 닭의 기억 속에서 탈출한 달걀의 모반이라면 심각
해진다 모든 생의 반전은 그렇게 일어난다 라면이 그렇게
만들어졌고 그는 라면을 좋아하고 미스 김도 라면이라면
사족을 못 쓴다 설마, 했는데 나도 그렇다 인간이 될 생
각이 전혀 없었던 인간으로 판명될 수도 있겠다 이건 달
걀의 문제가 아니다 까짓 달걀 하나가 기차보다 긴 내 인
생에 끼어들어 여기까지, 그도 미스 김도 참 많이도 울
었을 것이다

　닭 벼슬은 닭의 오른쪽 기억인지 왼쪽 기억인지 모르
고, 어느 쪽 기억이 모자로 변할지도 모르고,

　오래된 미스 김이 오래된 닭을 바라보고 있다 닭이 될
생각이 전혀 없었던 달걀과 인간이 될 생각이 전혀 없었
던 내가 물끄러미 달을 올려다보는 저녁, 닭이 될 생각
이 손톱만큼이라도 있었던 달걀은 자신을 미스김라일락
으로 생각할지 모르는데 나는 아직도 닭이 무섭다 설마,
달에서 떨어진 그 뭔가가 닭은 아니길, 초등학교 2학년

때 일기장을 고쳐 쓴다 달에서 모자 하나가 툭, 떨어졌
다고 고쳐 쓴 다음 모자를 화분으로 만들 궁리를 하고
있다 베란다에 쪼그려 앉은 미스김라일락을 뽑아내고 내
일 선보러 갈 때 입고 갈 바지를 심는 걸로, 미스 김에게
가는 기차가 기적을 울리고

　달에서 뭔가가 툭, 또 떨어집니다

　달걀을 삶습니다

5부

검은 애인

인형들
ㅡ비와 손님 4

어제는 비가 인생을 물어왔고, 나는 오늘도 나를 못 죽이면 그냥 데리고 살기로 한다.

늦었더라도 최선을 다하겠습니다. 그러니까 나는 나로부터 버려질 확률이 내일 다시 비가 올 확률보다 더 높다는 것인데 인생 뭐 별거냐고, 나를 손님처럼 갖고 노는 일 아니냐고, 아무래도 비는 그동안 게으르게 잘살고 있던 사람을 너무 바쁘게 사용한다.

해서, 눈물, 자꾸 한숨, 마음까지 손님은 아니지만

먹구름 다시 먹구름, 아무리 살아도 세상은 모르는 곳, 그곳으로 나는 나를 버리면서까지 당신을 놓지 못하게 하고 있다.

이미 잃어버렸는지는 모르지만 두고 갈 수 없는 우산처럼, 사랑한다, 이 말은 마른하늘을 두드려 번개를 꺼내는 일이거나 아직 죽지도 않은 내 무덤가에 앉아 풀을

뽑는 일. 긴 숨을 들이마셨다, 나는. 비로소 당신에게 버려질 준비를 마쳤다는 듯

오늘까지만 줄담배를 피우고 내일까지만 늙기로 한다. 절대 뽑히지 않는 인형이 있다면 그건 사람이라고, 인형 뽑기 기계 앞에서 어제의 비가 너무 굵어졌으므로

당신과 나 둘 중 하나는 필시 인형이고, 오늘도 못 죽인 나를 데리고 살기로 한 나는 다시 한숨, 입가에 붙은 밥풀처럼 눈물

문득 철이 들까 봐.

평소의 생각

참 멀리도 왔다 여기까지
왔으니, 인간으로서 할 만큼은
다했으니, 화분처럼 빈 화분처럼
이제 사랑도 고이 잠들었으니,
이별도 두 다리 쭉 뻗고
주무실 수 있겠으니,

다른 피를 찾지는 못했으니

부디 기별 주시길
제 몸속에 들어오시면
조금만 울어 주시길 꿈속에서
꿈속으로 화분을 옮길 때마다
짐승의 피가 펄펄
끓고 있으니,

비의 왼쪽 목소리

당신도 그래라

비 맞은 닭처럼, 머리 꽁꽁 묶어
달걀 부르는 소리

새의 몸을 얻지 못한 비가
노랑 손지갑처럼 꺼내는
왼쪽 목소리

낮은 지붕 위로 후드득
날아오르기도 하고 가만히
내려앉기도 하고

반바지 입고 훌쩍훌쩍
우는 것도 보았지만, 어디로
가는지는 몰랐다

내가 그러니 당신도 그래라

사랑한다, 사랑한다
목숨 갸웃거릴 줄은 알았지만

나는 당신이, 당신은 내가
어디로 가는지는 정작
모르고 살았으니,

오른쪽 목소리를 놓친
왼쪽 목소리처럼

당신도 그래라 그냥
마음 좀 아파라

검은 애인

흙으로 덮어 드릴까요? 가만히

손가락이 긴 여자의 무릎을 베고 누웠는데
세상에 없는 바람을 주웠다는 이 묘묘한
기분은 주석(註釋)일까

그림자 밑으로 묻어 놓았던 두 발을
못처럼 들고, 도난당한 불상 같은 얼굴로
자꾸 울러 가고 싶은 이 기분은
몇 개의 무덤일까

길 잃은 짐승들을 조상으로 삼았을
그녀의 무릎으로부터 사랑은
고요보다 오랜 굶주림이어서 피가 나도록
피가 나도록 神의 머리를 찍었던
돌멩이라고 쓴다

슬리퍼 한 짝이 뒤집어져 있다

어슬렁어슬렁 역병(疫病)의 **뼈**다귀를 물고 나온
개가 자꾸 앞발을 들어 올리는, 여기서부터
하늘도 못을 사용한다

내 슬리퍼 한 짝이, 어라
내 슬리퍼 한 짝과
잤다

파인애플

파인애플을 보면 자장가를 불러 주고 싶습니다
죽은 체하는 파인애플 하나,

파인애플 하나를 들었다 놓았다 자꾸 망설이는 저 여자, 둘도 아닌 하나, 셋인데도 하나, 넷도 아닌 하나, 누가 갖다 놓았을까 앞과 뒤가 너무 많은 하나, 앞도 뒤도 없는 하나, 이리저리 굴러다니다 멈춘 모든 얼굴은 예언적입니다

어디선가 본 듯한 얼굴 그러나 어디서 봤는지 기억해 내면 큰일 날 것 같은 하나, 당신의 얼굴이 아직도 낯설다고 말할 때 그 죗값은 얼마나 새로워질는지요 아무렴 그래도 넌 사람답게 살았구나 그렇습니다 저 여자가 실패한 것은 하나의 사랑이 아니라 두 개의 얼굴입니다

칼집이 필요한 시간입니다 파인애플과 나는 이 세상에 없는 말을 주고받기 시작합니다 뱀을 삼킨 두꺼비처럼, 전생에서부터 몸을 배신했던 하나, 파인애플 대신 바나

나를 선택하는 순간 몸이 썩는 쪽으로 얼굴이 미끄러집
니다

　오호라, 긴 생머리의 저 여자 머리 위로 팔다리가 자
꾸 올라가는 것이 보입니다 제 얼굴이 무서워지기 시작
한 거지요 살을 얻은 죽음이 돌아오고 있다는 말씀이지
요 모, 목을 베어 주십시오 그래야만 하나의 얼굴을 가
질 수 있습니다

　끝까지 죽은 체하는
　파인애플 하나,

고아들
—비와 손님 3

또 비가 와

지우개 좀 빌려줘
지겨워 빗소리, 빗소리
좀 지우게 늙은 수박 꼭지 같은
빗소리,

수박씨처럼 버려진 기분이야
어디 도망갈 데도 없는데
자꾸 빗소리, 네 말처럼 코코, 자장가라고
그냥 잠이나 퍼 자라는 자장가라고 생각해 보지만
그건 수박 속에 박혀 있을 때나
통하는 이야기,

버려진 수박씨가 다시 수박 안으로
들어갈 순 없잖아

기분이 더러워 지우개가 없음

부엌칼이라도 좀 빌려줘

꼭지 떨어진 수박 같지 않아?
지구 말이야 네가 사는 지구도 그렇고
내가 사는 지구도 그렇고

거지 같잖아 이딴 지구에다
수박씨처럼 너와 나를 흩어 놓은 건
누구일까?

암튼 지우개 좀 빌려줘
오늘은 씨 없는 수박이나 한 통
주먹으로 팍 쪼개서
먹자

그나저나
수박에게 수박씨는
손님일까?

백미러(back mirror)

기회는 온다, 야생동물보호구역을 지나면
물고기, 백미러 속에서 물고기가 마중을 나와서는
스르륵 눈꺼풀을 내려 주지

가끔씩 미래를 추월하려는 과거에 동승하기 위한 이런
장면은
대개 아프고 목보다 목소리가 아파서 아름답고
나는 나를 데리고 갈 데까지 가 보는 거지

그러니까 백미러 속으로 보이는 길은 당신이 지나온
길이 아니라
당신이 추월해야 하는 길, 사랑한다고 널 사랑한다고
말할 때
그 말속에 얼마나 많은 숨을 떼어다 바쳤는지

하늘에 걸린 구름을 피해 다니듯 떠돌던 울음이
내 몸을 걸어서 오고 걸어서 나가듯이

보지 못했던 것 보이지 않던 것들을 기억해 내려는 한
순간을 위해
  지겹게 봐 왔던 것들 눈감고도 볼 수 있던 것들은
  슬그머니 꼬리를 감추고

  다시 물고기, 스르륵 눈을 감아 버릴 수도 없는
  물고기와 둘이서 그렇게

  당신에게도 기회는 온다, 사망사고 다발지역을 지날
즈음

  백미러는 앞을 향한 자세로 뒤를 보는 거울이 아니지
  어디선가 불쑥, 소리 없이 나타나 눈앞에 걸리는
  울음이거나 그 울음으로 만든 악기의 일종

  아무 일 없이도 한 번씩 브레이크를 밟는
  당신과 나는 더 이상 보이지도 만져지지도 않는
  한 세상의 목소리

앉아 있기보다 누워서, 차라리
잠이 든 채로

전체관람가

따로 삽니다.
나는 팔순 노모와 따로
하나뿐인 딸과 따로 살고
나는, 나랑도 따로
삽니다.

쭈욱~ 그냥 그렇게

따로 사는 노모
따로 사는 딸 얼굴을
면목(幀目) 삼아
따로따로 졸지만
맙시다.

키스의 기원

시뻘겋게 달아오른 불판 위에
딱, 한 점이 남았다

지글지글 온몸을 다 피워 낸 죽음이
딴전 피우듯 뱉어 낸 꽃술, 눈치껏 젓가락 내려놓고
내 것이 아니라고 우기는 저 깜깜한 입술 열어
혀를 눕힐 수 없다면, 영혼은
끝내 몸을 갖지 못한다

그러니까 가만히 몸은 죽이고 숨만 살려서
물증보다 심증을 남겨야 한다, 사랑은
사랑한다는 것은 죽음에게 잠시
혀를 빌려주는 것이다

사는 게 미안해서
너무 미안해서

마시멜로

사는 게 엿 같아, 라고 그가 벌레 씹은 얼굴로 말했을 때
그녀는 하얗고 긴 손가락을 입에 물고 피식, 웃었다

이런, 썅! 눈물이 과자부스러기로 변했다

수염을 만지작거리며, 초등학교 1학년이 된 그는
내일을 죽이러 갔다 오늘은 할 일이 없어서 그는 어제
를 데리고
가방부터 샀다 새 양말과 팬티를 사고 치약과 칫솔을
챙기고
오줌도 미리 누었다 그는 내일을 죽이러 가기 위해
수염을 만지작거리며, 어제와 나란히
시내버스에 올랐다 어제는 자리에 앉자마자 꾸벅꾸벅
졸기 시작했지만 초등학교 2학년이 된 그는 두 눈을
반짝거리며
차창 밖을 응시했다 내일을 그냥 지나칠까 봐
수염을 만지작거리며, 바나나나무 위의 원숭이와 눈을
맞추다
라면공장을 지나 신발가게 지붕 위로 떨어지는 빗방울
을 바라보며

내일을 어떻게 죽일까 고민했다 그는 수염을 만지작거리며

달콤한 과자가 먹고 싶었지만 목이 마를까 봐

되도록 침을 아꼈다 시내버스가 정류장에 멈출 때마다

소시지처럼 똥을 누거나 똥처럼 소시지를 먹는 사람들을 쳐다보다가

새로 온 선생님들인가, 아주 잠깐 궁금해하다가

등산복 입고 버스에 오르는 사내를 만났다 그는 수염을 만지작거리며

어디로 가느냐고 물었고 사내는 등산복을 입고 바다에 가겠냐고

짧게 깎은 손톱을 보여 주었다 내일이 숨어 있는 곳이

손톱 밑인지 바다 밑인지 잠깐 헷갈린 그가 섭섭함을 느끼는 동안

차 안은 조금 어두워져 있었다 그는 더 어두워지기 전에

어제의 손가락에 불을 켜 오늘을 밝혀야겠다고 생각

하다 문득
　　궁금해졌다 내일은 버스에서 내려 얼마나 걸어야 할까
　　모악산 셔틀형 순환 시내버스는 여전히 붕붕- 붕붕-
　　엉덩이에 힘을 주고 있었지만 그는 우울했다
　　손꼽아 기다리고 있는 소풍을 갔다 오기도 전에
　　초등학교 3학년이 된 듯한 기분에 절망하며
　　흠흠 수염을 핥아 먹기 시작했다

파양(罷養)

코코가 저보다 잘생기고 덩치 큰 개 한 마리를 데리고
나타났다 세상에, 다섯 마리나 되는 새끼 이리저리 세상
밖으로 흩어 놓은 지 얼마나 되었다고…… 쯧쯧, 사람들
은 혀를 찼지만 코코는 코코, 그 개를 그림자처럼 달고
다니기 시작했다 코코가 지나다니는 길목, 평소 코코를
좋아하던 카페 주인 김 여사로서는 눈에 쌍심지 켜고도
남을 일이지만 코코는 그러거나 말거나 코코, 쓰레기봉
투 찢고 나온 뼈다귀 하나도 킁킁 냄새만 맡고 양보하는
코코를 두고 월드부동산 사장은 연애질이 사람보다 낫다
며 김 여사에게 한쪽 눈을 찡긋, 치근대기 시작하는 것
인데 그러거나 말거나 코코는 코코, 새로 개업한 촌국수
집 할매 앞에서 코코가 그 개에게 거짓말을 가르치고 있
다 엄마, 라고 부르면 절대 안 돼 여보, 라고 해야 해 그
래야 더 이상 우릴 갈라놓지 못할 거야 거짓말을 참말로
만드는 게 인간들의 사랑이거든 봐 봐 잘 들어 봐 저기,
김 여사가 하는 말 우리 보고 하는 짓이 완전 애와 어른
같다고 난리잖아 네가 파양당한 내 아들인 줄 알게 되
는 순간 우린 끝이야 참말을 거짓말로 만드는 건 불법이

거든 인간들은 그걸 개 같은 사랑이라고 말하지 병신들,
애와 어른들이 벌이는 장난질로부터 연애가 시작되었다
는 것도 모르는 것들이 사랑은 무슨 개뿔!

    그러게 오늘 아침에도 명태를 아들만 찢고 코코는 보
고만 있던데,

원숭이의 원숭이 2

비를 타는 원숭이가 있다

죽을 수 있다, 낭만이란 죽음의 운동이다[*]
인간이 벌인 최초의 일이 아니면 최후의 일이기에

우린 떨어져도 죽지 않아, 라고 답한다면 그건
줄을 타는 광대들의 무지, 비를 타는 원숭이는 이렇게
말한다

네가 무슨 짓을 하든 너는 너를 구원하길 바란다[**]

부디

하는 짓이 완전 애와 어른 같아야지, 그게 사랑이지

하늘보다 더 높은 곳에서 떨어졌음을, 원숭이는
또 비를 부른다 원숭이는 원숭이를
다시 태어나게 한다

줄을 타는 어린 광대들을 지나
나무 위의 잠을 들어내듯 사랑이란 죽음의 장소다
피 흘리는 법을 잊어버리고 싶은 미루나무와
두고두고 피 흘리는 법을 기억해 내려는
바오밥나무 사이

너는 너에게, 나는 나에게 영원하길 바란다

부디

죽음은 결코 원숭이를 갖지 못한다

비를 타는 원숭이가 있다

•, •• 에드몽 자베스, "전복이란 문체의 운동 자체다. 죽음의 운동이다."에서 따옴.

너구리
—너무 오래

팔순 노모가 지어 준 밥, 일인분씩 먹기 좋게 나눠 냉
동실에 넣어 두었던 밥, 전자레인지에 한 번만 돌리면 갓
지은 밥이나 마찬가지니깐 굶지 말고 꼭 챙겨 먹으라는
밥, 꽁꽁 얼어붙은 밥 덩어리 앞에서 또 궁금해진다 어
떻게 혼자 살면서도 외롭게 살았을까? 아무래도 나는
나를 너무 오래 오해했고 너무 쉽게 생각했다 밥을 아무
리 맛있게 먹더라도 나는 결코 인간이 되지 않을 거야,
너구리가 인간이 될 수 없듯이 어떻게 홀아비로 살면서
도 외롭지 않게 살았을까? 그러나 아무리 쉬쉬해도 세상
은 인간이 엉망이란 걸 알게 된다

독신자의 사랑

조강석(문학평론가)

1.

65편 남짓한 작품이 실려 있는 시집에서 신(神)이라는 말이 등장하는 시가 16편이나 된다면 그 까닭과 양상에 우선 관심이 가지 않을 수 없을 것이다. 더욱이 그것이 '독신자(瀆神者)'의 것이라면······.

> "내게 더 많은 슬픔을 주시구려."
> —『**조르주 바타유—불가능**』에서

神과 싸우기 위해 필요한 건 두 명의 인간과 하나의 입

세상은 언제나 four hand performance로 돌아간다는 얘기, 그와

그녀가 하나의 침대에 비문을 세울 수 있는 건 제각기 가
슴에 모았던 두 개의 손을
  네 발로 내려놓았기 때문이지만 하나에서 두 개로 늘어
난 입을 어쩌지 못해
  음악이 태어나고 지옥이 열렸다는 말씀

  믿어라, 인간의 그 어떤 권위나 가능성보다
  말 못하는 짐승들의 뒷문을 통해 온다, 마침내 왔다
  짧고, 깊고, 그리고 길게
  늙지 않는 울음을 가진 인간들의 발밑에 神을 내려놓기
위해 바오밥나무는
  몇 개의 손을 잘랐을까?

  한때 배 속의 아기였던 그와 그녀의 기억이 틀리지 않았
다면
  神은 인간의 숨을 음악으로 사용한다는 얘기, 그러니까
  섹스는 죽어서도 썩지 못한 살[肉]의 한 구절로
  영혼의 입을 틀어막는 일

  울면서 왔으니까 울면서 가야 한다

  가능한 한 아프게, 그리고
  불손하게

'가능한 한 불손하게' 가야 한다는 독신자의 항변에는
어떤 내력이 있을까? 그리고 '가능한 한 불손하게'라는 말
이 '가능한 한 아프게'라는 말과 병렬되기 위해서는 어떤
인간의 자리로의 '회심'이 있어야 했을까? 이 시에는 그 내
력을 짐작하게 하는 대목들이 있다.

"神과 싸우기 위해"라는 말을 시의 앞머리에 놓은 것과
그보다 앞에, 시의 서두에 "내게 더 많은 슬픔을 주시구
려"라는 조르주 바타유의 한 구절을 일종의 관문 격으로
인용해 놓은 것은 시의 마지막 대목에서 "아프게"와 "불손
하게"가 대등하게 진술되는 상황과 정확히 일치한다.

이것이 어떤 정황인지를 읽어 보고자 한다면 시에 담긴
의지와 태도를 내적 정합성 속에서 판명할 수밖에 없을 것
이다. 1연과 2연에 첫 번째 단서가 있다. 무슨 까닭에선
지 신과 싸우기를 결심한 이에게는 신과의 싸움을 위해서
"두 명의 인간과 하나의 입"이 필요하다고 말한다. 한 명
의 두 입과 비교할 때 그 의미는 명료해진다. 혼자서는 불
가능한 일의 도모를 위해 절실한 누군가와의 연대가 필요
하며, 불협화 없이 조율된 소리와 마음이 신과 맞서는 가
장 강력한 무기이자 핵심 전략이라는 것이다. 그 까닭 역
시 이 시집에 실린 다른 시를 참조하면 납득할 수 있다. 바
로 조율의 파트너가 "신(神)에게 빼앗은/인간의 마지막/영

토"[「패왕별희(覇王別姬)–포옹에 관한 몇 가지 서사」]이기 때문이다. 그렇다, 이것이 바로 독신자의 사랑!

그러나 사랑으로 신과 맞서려는 고전적 테제는 자명하지만 결코 쉽게 수립되는 것은 아니다. 우리는 이 간극을 주시할 필요가 있다.

"세상은 언제나 four hand performance로 돌아간다는 얘기"

"하나에서 두 개로 늘어난 입을 어쩌지 못해/음악이 태어나고 지옥이 열렸다는 말씀"

사실관계를 먼저 확인하자. "four hand performance"란 시의 제목인 연탄곡(連彈曲), 즉 2명의 연주자가 연주하는 피아노곡을 지시한다. 세상은 본래 이와 같은 공동 작업을 통해 경영되기 마련이다. 그러나 공동의 도모가 있는 곳에는 숙명처럼 불협화가 뒤따른다. "하나에서 두 개로 늘어난 입"은 협화의 세상 안에 지옥이 씨를 놓는 처소다.

그런데, 시종일관 이항적 역설과 긴장으로 이루어진 이 시에서 가장 흥미로운 대목은 지옥이 열리는 곳에 음악이 태어난다는 것이다. 음악은 무엇을 위해 태어나는가? 그것은 불화와 함께 태어나는 협화의 소망이다. 지옥은 불협화로부터, 그리고 그와 동시에 음악은 결여로부터 태어난다. 이것은 그 자체로 하나의 시론(詩論)이 아니겠는가.

바로 그런 점에서 3연의 바오밥나무는 흥미로운 이미지가 된다. 손발 격인 가지 없이 몸통째로 서 있는 나무, 악마가 거꾸로 땅에 꽂아 뿌리가 머리가 되었다는 '탄생 설화'를 지닌 나무는 지옥과, '4개의 손'을 필요로 하는 연탄곡을 동시에 환기시키는 이미지로는 제격일 것이다.

"神과 싸우기 위해"가 "늙지 않는 울음을 가진 인간들의 발밑에 神을 내려놓기 위해"로 변주된 것도 그런 맥락에서 이해할 수 있다. 결코 수명을 다하는 법이 없는 슬픔을 실존적 조건으로 하고 있는 인간의 지위, 그 발밑에 신을 내려놓기 위한 불가능한 "싸움"에는 대체 얼마나 많은 음악이 필요했던 것일까? 몽둥발이로 서 있는 바오밥나무의 이미지는 이런 것들을 웅변 없이 직관적으로 현시해 보이고 있다. 그리고 4연에 제시된 인간적 사랑의 안간힘으로도 이 숙명과 고투를 피해 갈 수는 없음을 이 독신자는 알고 있다. 따라서 5연과 6연은 이 시집 전체의 축도이며 구조의 요약이다. 실존적 한계 조건과 독신자의 항변, 한 몸에서 태어난 고통과 음악—그러니까 시(詩)—의 '탄생의 비밀' 등이 시집 전체를 그러쥐고 있다.

2.

그런데⋯⋯.

내가 사랑하지 않으면
아무것도 아닌 사람

그래서 神이다

－「당신」 전문

이것은 회심인가, 이단인가, 이율배반인가? 다음 시를
함께 읽어 보자.

함께 살지 않고도 살을 섞을 수 있게 된다

이불홑청처럼 그림자 뜯어내면, 그러니까
내게 온 모든 세계는 반 토막
주로 관상용이다

베란다에는 팔손이, 침실에는 형형색색의 호접난

후라이드 반 양념 반의 그녀와 나는 서로를
알면서도 모르는 척 죽었으면서도
살아 있는 척 손만 잡고,

죽음을 꺼내 볼 수 있게 된다

화분에 불을 주듯 그렇게 서로의 그림자로
피를 닦아 주며 울 수 있게 된다

神과 싸우던 단 한 명의 인간이
두 명으로 늘어나게 된다

- 「녹턴」 전문

이 시인은 어째서 작심하고 신과 싸우려 드는가? 집요
하게 신과 맞서고자 하는 의지를 피력하는 독신자에게 가
장 큰 독신은 바로 신을 창조하는 것일 터인데 그 탄생 설
화를 우리는 앞에서 「당신」이라는 시를 통해 확인했다. 객
관적으로 존재하는 것이 아니라 주관적 관념(론) 속에서,
시의 언어 그대로 옮겨 본다면, "내가 사랑하지 않으면/아
무것도 아닌" 존재를 믿음과 숭배의 대상으로 밀어 올리
는 자기 보존과 고양의 의식 속에서 "당신"은 절대가 된다.
그리고 이와 관련된 '수상한' 내력이 위에 인용된 「녹턴」에
담겨 있다.
밤에 세계는 활동과 관계와 상호작용의 조건이 아니라
사색과 반성과 관조의 대상이 된다. 말하자면 밤의 리듬
속에서 세계는 "관상용"이다. 세계가 주관 속으로 수렴되
는 그 시간에 '당신'과 '나'는 마치 태초부터 한 벌이었던
것처럼—후라이드 반 양념 반이라니(!)—마침맞다. 상투적
위안이 아니라 "화분에 불을 주듯" 고통과 상처마저 '한통

속'인 이들의 '연대'를 가장 잘 설명하는 말은, 다시 말해 이 시의 시적 풍크툼(punctum)은 "서로를/알면서도 모르는 척 죽었으면서도/살아 있는 척", "죽음을 꺼내 볼 수 있게 된다"는 것이다. 명료한 분별지 속에서 삶의 내력과 계획이 확연해지는 것이 아니라, 생사가 혼몽인 '녹턴'의 리듬 속에서 조건으로서의 죽음이 비로소 만져진다. "사랑한다는 것은 죽음에게 잠시/혀를 빌려주는 것"(「키스의 기원」)이기 때문이다. 과연, 죽음에 혀를 빌려주는 이 사랑은 다음과 같은 결기를 포함하고 있다.

> 길 잃은 짐승들을 조상으로 삼았을
> 그녀의 무릎으로부터 사랑은
> 고요보다 오랜 굶주림이어서 피가 나도록
> 피가 나도록 神의 머리를 찍었던
> 돌멩이라고 쓴다
>
> −「검은 애인」 부분

그리하여……, 함께여야 한다는 것, 밤의 시간이어야 한다는 것, 신과 싸우는 절체절명의 결기를 품을 수 있어야 한다는 것 등이 죽음이 가촉적인 것으로 전화하는 조건이다. 그리고 결국 이 모든 것은 "울 수 있게" 되기 위함이다. 다시 슬픔이다. 결국 슬픔이다. 이런 '두엔데(duende)'라니…….

3.

두 가지 실마리를 확인했다. 첫째, 독신과 슬픔은 한집에 산다. 둘째, 사랑의 대상과 독신의 대상이 같다. 모두 신이다. 다음과 같은 정황들이 이런 인식의 터를 잡았을 것이다.

> 너무 멀리도 왔다는 기분, 그것은
> 이미 엎질러진 물 같아서
>
> —「대부분의 연애류」 부분

> 참 멀리도 왔다 여기까지
> 왔으니, 인간으로서 할 만큼은
> 다했으니
>
> —「평소의 생각」 부분

일생 몫의 경험을 다 했으며 집으로 흘러가는 길은 이미 지상에 끊겼다던 한 젊은 시인을 떠올리게 하는 위와 같은 구절들에서 완주가 아니라 피로를 읽는 것은 무리가 아니다. 또한,

> 왜 머리가 없는 걸까 도대체 왜
> 내 삶은 엉덩이뿐일까

－「잠(潛)」부분

나는 이미
죽은 사람임을 들키기 위해
갈 데까지 가 보는
사람

－「머플러」부분

과 같은 구절에서 슬픔에 이미 주도권을 내준 생의 허망을
짚는 것도 과장이 아닐 것이다. 그런데 대체 어디에서 신
과의 싸움도 마다하지 않는 독신자의 저 맹렬한 의지를 길
어 올 수 있었을까? 그것은 이 시집 전체의 배음 중에서
가장 기저부에 마치 '흰 뼈'처럼 놓인 다음과 같은 구절,
시집 전체의 풍크툼이랄 수 있는 한 문장에서부터 확인할
수 있다.

죽이라도 쑤고 가야 생이다

－「계륵(鷄肋)」부분

이 시집을 심리적으로 이미 생을 완주한 이의 무기력이
나 슬픔에 몸을 내준 이의 넋두리로부터 구하는 것은, 그
리고 데카당스가 아니라 시니시즘의 일환으로 저 사랑을
읽어야 하는 까닭은 저 최소의지다. 독신자의 비장의 무기

가—그러나 훤히 드러난 무기가—사랑이라면 배수의 진이 저 최소의지다. 시니시즘이 저 최소의지에 의해 어떻게 전투력을 고양시키는지 다음과 같은 장면에서 확인할 수 있다.

그는 모처럼 조물주와 낮술이나 한잔 해야겠다고 생각한다(콧노래를 부르며)

아직도 인간을 조상으로 섬기는 곰과 발이 작은 여인 몇을 데리고 술집으로 가던 그가 인형뽑기방 앞에서 머리를 쥐어뜯기 시작한다(나사를 조이듯)

그는 생각한다 조물주가 먼저 자신에게 술잔을 건네야 한다고,(훗훗!)

그는, 훗훗!
                                    ―「백야―공장주의자들의 서(序)」 부분

앞서 본 것처럼, 지옥과 음악이 한 풀무에서 나는 것과 같은 리듬으로 슬픔과 냉소가 서로를 부양한다. 슬픔은 거리의 소멸이고 냉소는 거리로 섭생한다. 그렇게 보자면 이 시집은 배덕자의 독백이라기보다 독신자의 냉소적 저항으로, 그리고 이를 환언하여 독신자의 방어적 사랑으로 읽는 게 옳다. 세계가 주관 안에서 모두 소화되지 않고 언제나 잔여물을 남기고 있기 때문이다. 따라서 다음과 같은 작품이 오래 기억에 남는 것은 바로 그런 맥락에서다.

저승에서 이승으로
내게 울음을 버리러 온 듯

누군가 저 멀리 내다 버린
바구니 안의 아기 같은
당신 너머

한 번 건너면 다시는
돌아올 수 없는 세상의 오랜
기도를 닮아서,

두 발이
고드름처럼 녹아내리는
저녁

단 하나의 이 심장을
나더러 어떻게 내가
나를 어떻게

몸 없이 우는 법만 배워
입안 가득 神을 넣어 보라는 듯

숟가락을 집어 든
오른손이 왼손에게 죽음을
구해 오라는 듯

팔꿈치로 달을 쿡, 찔러서
창문 또한 콧구멍보다
작게 접어서

두 뺨 가만히
떼어서

— 「빙의(憑依)」 전문

  이 시의 전문을 읽으면 시 안에서는 단정하기 어려운 어
떤 정황이 그려지는 것이 사실이다. 그러나 어떤 구체적
정황을 가정하지 않더라도 이 시는 "가능한 한 아프게, 그
리고 불손하게"가 어떻게, 그리고 왜 성립되는지를 보여
준다. 우리는 다시 한 번 사랑의 대상을 독신의 대상 속에
서 길어 온 자와 대면한다. 독신의 동지였던 "당신"은 여기
서 슬픔의 근원이다. "저승에서 이승으로/네게 울음을 버
리러 온 듯" 슬픔의 수태를 고지하러 온 것이 "당신"이다.

"너머"라는 시어가 환기하고 있지만 아마도 이는 "한 번 건너면 다시는/돌아올 수 없는 세상"과 관계가 있을 것이다. "단 하나의 이 심장을/나더러 어떻게 내가/나를 어떻게"라는 대목도 슬픔 앞에서 망연자실한 이의 목소리로 자연스럽게 읽힌다. 그런데 좀 더 복잡한 사태가 시의 후반부에서 전개된다.

"몸 없이 우는 법"은 앞서 살펴본 몽둥발이로서의 바오밥나무, 지옥으로부터 마지막 거점을 방어하기 위해 필사적으로 연주하는 연탄곡의 이미지와 다시 중첩된다. 연주자의 손을 소모하며 몽둥발이로만 남은 독신적 저항, 거기서 생산되는, 필사적 거점 방어로서의 음악이, 울음을 자유자재로 구사함으로써 전황을 뒤바꾸며 인간 세계로의 신의 내습을 대물리는 언어가 되기 위해 급기야 시가 요청되었던 것이다. 그리고 "가능한 한 아프게, 그리고 불손하게"의 비밀은 바로 그것이다. 무슨 사랑이 이런가…….

시인수첩 시인선 012
원숭이의 원숭이

ⓒ 김륭, 2018

초판 1쇄 발행 2018년 4월 20일
초판 2쇄 발행 2019년 3월 13일

지은이 | 김륭
발행인 | 강봉자·김은경

펴낸곳 | (주)문학수첩
주　소 | 경기도 파주시 문발로 214-12(문발동 511-2) 출판문화단지
전　화 | 031-955-4445(대표번호), 4500(편집부)
팩　스 | 031-955-4455
등　록 | 1991년 11월 27일 제16-482호

홈페이지 | www.moonhak.co.kr
블로그 | blog.naver.com/moonhak91
이메일 | moonhak@moonhak.co.kr

ISBN 978-89-8392-696-8　03810

「이 도서의 국립중앙도서관 출판예정도서목록(CIP)은 서지정보유통지원시스템
홈페이지(http://seoji.nl.go.kr)와 국가자료공동목록시스템(http://www.nl.go.kr/
kolisnet)에서 이용하실 수 있습니다.(CIP제어번호: CIP2018008988)」